Derrubar árvores

Thomas Bernhard

Derrubar árvores

Uma irritação

tradução
Sergio Tellaroli

todavia

*Como não consegui tornar os homens mais
razoáveis, preferi ser feliz longe deles*

Voltaire

Enquanto todos aguardavam o ator, que lhes prometeu comparecer ao jantar na Gentzgasse por volta de onze e meia da noite, depois da encenação de *O pato selvagem*, eu observava o casal Auersberger exatamente da mesma poltrona de orelhas na qual costumava me sentar quase todo dia no começo da década de cinquenta e julguei ter cometido um erro grave ao aceitar seu convite. Fazia vinte anos que não via os Auersberger, e justamente no dia da morte de nossa amiga comum, *Joana*, eu os encontrei no Graben e, sem maiores rodeios, aceitei o convite para seu *jantar artístico*, como o casal Auersberger se referiu à ceia.* Fazia vinte anos que não queria mais saber do casal Auersberger e fazia vinte anos que não os via, vinte anos ao longo dos quais até mesmo a menção de seu nome por terceiros me provocava náuseas, pensei ali na poltrona de orelhas, e agora o casal Auersberger me confrontava com os anos cinquenta, os deles e os meus. Passei vinte anos me desviando do casal Auersberger, não os encontrei uma única vez em vinte anos, e justo agora fui topar com eles no Graben, pensei; de fato, tinha sido de uma burrice desastrosa ir ao Graben exatamente nesse dia e, ainda por cima — como tenho agora por hábito fazer, ao menos desde que voltei de

---

* Tanto *Abendessen* (Alemanha) como *Nachtmahl* (Áustria) significam "jantar" em alemão. Bernhard, contudo, distingue as duas palavras no curso da narrativa, razão pela qual a segunda (ao pé da letra, "refeição noturna") será sempre traduzida por "ceia". [Esta e as demais notas são do tradutor.]

Londres para Viena —, pôr-me a caminhar ali diversas vezes de um lado para outro, podia ter calculado que *acabaria* encontrando os Auersberger no Graben, e não apenas os Auersberger, mas também todas as demais pessoas que evitava fazia décadas e com as quais, nos anos cinquenta, tive intenso *contato artístico*, como costumavam dizer os Auersberger, um contato de que abri mão faz vinte e cinco anos, ou seja, desde o momento exato em que fugi dos Auersberger para Londres, porque, como se diz, rompi com toda aquela gente da Viena de outrora, não queria mais ver aquelas pessoas nem ter mais absolutamente nada a ver com elas. Caminhar pelo Graben, no entanto, nada mais significa do que mergulhar diretamente no inferno social e encontrar justamente as pessoas que não quero encontrar, gente cuja visão ainda hoje me provoca toda sorte de cãibra física e mental, pensei comigo, sentado na poltrona de orelhas, razão pela qual, já em minhas visitas a Viena dos últimos anos, proveniente de Londres, evitava o local, tomava outros caminhos, tampouco ia ao Kohlmarkt, claro, ou à Kärntnerstraße, evitava tanto a Spiegelgasse como a Stallburggasse e a Dorotheergasse também, assim como as sempre temidas Wollzeile e a Operngasse, na qual tantas vezes caminhei rumo à armadilha representada justamente por aquelas pessoas que, desde sempre, mais detestava.* Contudo, nas últimas semanas, pensei sentado na poltrona de orelhas, senti de repente uma grande necessidade de ir precisamente ao Graben e à Kärntnerstraße, por causa do ar fresco e do turbilhão humano matinal, de súbito agradável, e precisamente ali, senti necessidade de ir precisamente ao Graben *e* à Kärntnerstraße, provavelmente porque, decidido, quis enfim fugir, escapar da solidão de meses

---

* Ruas famosas do centro de Viena. Ao pé da letra, Graben, uma das mais famosas, significa "fosso" em alemão, mas também "cova, túmulo".

em minha casa em Währinger, daquele isolamento que já me embrutecia. Nas últimas semanas, tranquilizava-me o espírito e o corpo, assim eu sentia, caminhar pela Kärntnerstraße e pelo Graben, ou seja, perambular de um lado para outro da Kärntnerstraße e do Graben; esse vaivém me fez tão bem à cabeça quanto ao corpo; como se, nos últimos tempos, eu sentisse mais necessidade de perambular pelo Graben e pela Kärntnerstraße do que de qualquer outra coisa, caminhei *diariamente* nas últimas semanas para cima e para baixo pela Kärntnerstraße e pelo Graben; na Kärntnerstraße e no Graben, dizendo-o com toda a franqueza, pus-me de súbito em marcha e de volta para mim mesmo, depois de meses de fraqueza intelectual e física; subindo e descendo pela Kärntnerstraße e pelo Graben, eu me revigorei; *nada mais do que caminhar para lá e para cá*, era o que sempre pensava ao fazê-lo, e, no entanto, era mais do que isso; nada mais do que caminhar para lá e para cá, dizia sem cessar a mim mesmo, mas, na verdade, isso me permitiu voltar a pensar e a, de fato, filosofar, ocupar-me de novo da filosofia e da literatura, ambas reprimidas ou mesmo exterminadas em mim fazia tanto tempo. Precisamente esse inverno longo e malsão, o qual, por infelicidade, conforme penso agora, e ao contrário do anterior, passei em Viena e não em Londres, exterminou em mim todo o literário e o filosófico, pensei ali na poltrona de orelhas; mas, por intermédio desse caminhar para lá e para cá no Graben e na Kärntnerstraße, voltei a tornar ambas possíveis para mim, a literatura e a filosofia, e, com efeito, atribuí esse meu estado de espírito vienense, que de súbito podia caracterizar como um *estado de espírito redimido*, por assim dizer, a essa terapia do Graben e da Kärntnerstraße que eu próprio me receitei desde meados de janeiro. Essa cidade pavorosa, Viena, pensei, que sempre me precipitou em desespero profundo e, na realidade, em nada mais que um beco sem saída, faz-se de súbito o motor que põe minha cabeça para pensar de novo e meu corpo a reagir outra vez como um corpo vivo; dia após dia, eu observava na cabeça e no corpo aquele renascer progressivo de tudo que, durante o inverno inteiro, já se extinguira em mim; e se, ao longo de todo o inverno, culpei Viena por minha extinção física e mental, agora era a essa mesma Viena que devia meu renascimento. Sentado na poltrona de orelhas, portanto, louvei a Kärntnerstraße e o Graben e atribuí meu restabelecimento mental e físico a nada mais que essa minha terapia na Kärntnerstraße e no Graben, disse a mim mesmo que, naturalmente, tinha um preço a pagar por essa terapia bem-sucedida e julguei que o encontro com o casal Auersberger no Graben foi o preço pago por essa terapia bem-sucedida, um preço muito alto, pensei comigo, mas que podia, sob certas circunstâncias, ter sido ainda muito mais alto, porque eu podia ter encontrado gente bem pior no Graben que os Auersberger, uma vez que, no final das contas, os Auersberger não são os piores, ou pelo menos não o que há de pior; contudo, já é ruim o bastante ter encontrado justamente o casal Auersberger no Graben, pensei ali na poltrona de orelhas. Um homem forte, dotado de um caráter igualmente forte, pensei, teria recusado o convite, mas eu não sou um homem forte nem um caráter forte, pelo contrário, sou o mais fraco dos homens e o mais fraco dos caracteres, à mercê de praticamente todo mundo. E, de novo, pensei que foi um erro grave ter aceitado o convite dos Auersberger, porque, pelo resto da vida, não queria ter mais nada a ver com eles, mas caminho pelo Graben, e o casal Auersberger me aborda, pergunta se eu sabia da morte de Joana, se sabia que Joana tinha se enforcado, e eu digo sim, aceito o convite. Por um momento, fui tomado do mais desavergonhado sentimentalismo, pensei, e os Auersberger logo se aproveitaram desse sentimentalismo, pensei, e se aproveitaram também do suicídio de nossa amiga comum, Joana, para fazer um convite que aceitei de pronto, embora mais sensato tivesse sido recusá-lo; só que, para tanto, não tive tempo, pensei ali na poltrona de orelhas, os dois *me abordaram por trás*, me disseram o que eu já sabia, isto é, que Joana havia se enforcado em Kilb, na casa dos pais, e me convidaram para um jantar, um *jantar estritamente artístico*, enfatizaram os Auersberger, *só com os amigos antigos*, disseram. Na verdade, já se afastavam quando fizeram o convite, pensei, iam alguns passos à minha frente quando respondi que *sim*, ou seja, quando aceitei o convite para ir a seu jantar na Gentzgasse, em seu apartamento horroroso. Nos braços, o casal Auersberger levava várias caixas embaladas nos papéis de embrulho de lojas famosas do centro da cidade, e ambos trajavam os mesmos casacos ingleses de trinta anos atrás, quando iam às compras no centro; tudo neles *envelhecera com nobreza*, como se diz. No Graben, na verdade, apenas a Auersberger falou, o marido, *o compositor e sucessor de Webern*, como se diz, não me dirigiu a palavra o tempo todo, e com certeza pretendeu me ofender com seu silêncio, pensei agora na poltrona de orelhas. Ainda não tinham ideia de quando seria o enterro em Kilb, disseram. Eu próprio, pouco antes de sair para a rua nesse dia, havia sido informado pela amiga de infância de Joana, também de Kilb, de que Joana se enforcara; de início, essa amiga, uma merceeira de Kilb, não quis dizer por telefone que Joana se *enforcara*, tinha *morrido*, disse ela no telefone, mas fui logo lhe dizendo sem rodeios que Joana *não tinha morrido*, que *se matara*, e a amiga com certeza sabia como, só não estava me dizendo; as pessoas do campo têm ainda mais pudores que as da cidade para dizer que *uma pessoa se matou*, e a maior dificuldade de todas para dizer de que maneira; eu logo pensei que Joana tinha se enforcado, na verdade disse à merceeira no telefone *Joana se enforcou*, o que a espantou, e ela então disse apenas que *sim*. Pessoas como Joana se enforcam, eu disse no telefone, não se jogam num rio nem de um quarto andar: vão buscar uma corda, dão o nó com toda a destreza e deixam-se cair no laço. *Bailarinas, atrizes, elas se enforcam*, eu disse à merceeira no telefone. Que eu não tivesse tido notícias de Joana por tanto tempo, pensei ali na poltrona de orelhas, já me parecia algo suspeito fazia muito tempo; será que, um dia desses, não vai acabar se suicidando — a enganada, a abandonada, a tripudiada, a ferida de morte? Assim eu andara pensando com frequência. Mas, diante dos Auersberger no Graben, *fiz que* nada sabia do suicídio de Joana, fingi a um só tempo choque e surpresa total, embora às onze da manhã, no Graben, esse infortúnio já não fosse surpresa nem me abalasse mais, porque tinha recebido a notícia às sete da manhã e, na verdade, já a *carregava* comigo e lograra suportar o suicídio de Joana subindo e descendo várias vezes Graben e Kärntnerstraße em meio ao frescor gélido do ar que soprava do Graben. Na verdade, melhor teria sido privar o anúncio dos Auersberger do suicídio de Joana daquele efeito de surpresa total, isto é, melhor seria ter dito a eles de pronto que eu sabia fazia tempo que Joana tinha se matado, que sabia inclusive *como* ela havia se matado, deveria ter contado a eles as circunstâncias exatas, pensei, privando-os, assim, do triunfo daquele anúncio, que eles de fato exploraram e, portanto, saborearam da forma mais vil, como constatei diante da loja aberta da Knize; teria sido melhor do que fazer que não sabia absolutamente nada da morte de Joana, fingir a mais completa surpresa, o espanto de quem foi atropelado por uma notícia terrível, com o que propiciei aos Auersberger o êxtase de figurarem como súbitos agourentos, o que naturalmente não pode ter sido minha intenção, mas foi o que minha própria inabilidade propiciou a eles na medida em que, no momento do encontro com os Auersberger, fingi nada saber do suicídio de Joana, nada de nada; o tempo todo, fiz o papel do ignorante enquanto estive ali, diante dos Auersberger, já sabedor de mais ou menos tudo sobre o suicídio de Joana. Não sabia como eles tinham ficado sabendo que Joana se enforcara, provavelmente pela mesma merceeira de Kilb, e decerto a amiga de Kilb lhes havia dito o mesmo que dissera a mim, mas *não tanto quanto dissera a mim*, pensei, ou os Auersberger teriam me contado muito mais do que me contaram sobre o suicídio de Joana. É claro que vão ao enterro em Kilb, disse a Auersberger, pensei, e disse-o como se, no meu caso, ainda não estivesse claro se eu iria ou não ao enterro de Joana, como se a Auersberger já me censurasse ali mesmo pelo fato de, muito embora tendo sido, como ela, *amigo tão íntimo de Joana por tantos anos ou mesmo décadas*, eu talvez, e até mesmo por uma questão de comodidade, não fosse ao enterro de Joana, *que era tão amiga de todos nós*; o modo como ela disse o que disse, pensei, no fundo foi de fato ofensivo, pensei, assim como foi ofensivo que, independentemente de me ver ou não no enterro de Joana em Kilb, ela já me convidasse ali mesmo, no Graben, e naquele momento, para seu chamado *jantar artístico* na Gentzgasse na terça-feira seguinte, dia, pois, do enterro de Joana. Na verdade, foi por intermédio dos Auersberger que conheci Joana, numa festa de aniversário para o marido dela na Sebastiansplatz, no 3º Distrito, há mais de trinta anos; foi a chamada *festa de ateliê*, à qual compareceram quase todos os artistas vienenses de algum renome. O marido de Joana era um artista da tapeçaria, por assim dizer, um tapeceiro, portanto, originalmente pintor, que certa vez, em meados da década de sessenta, havia ganhado o grande prêmio da Bienal de São Paulo por uma de suas tapeçarias. De Joana, esperavam tudo, menos que ela se suicidasse, disse o casal Auersberger no Graben, e, antes de seguir adiante com seus pacotes, os Auersberger disseram também que tinham comprado *tudo de Ludwig Wittgenstein*, a fim de, *em seguida, dedicar-se a ele*. Era provável que levassem o Wittgenstein no menor dos pacotinhos, no braço direito da Auersberger, pensei. E, de novo, julguei ter sido um erro grave aceitar o convite do casal Auersberger, já que, afinal, odeio convites dessa natureza e há tantas décadas evito convites para *jantares artísticos*, que frequentei em quantidade suficiente e conheci a fundo até meus quarenta anos; não há nada mais repulsivo. De fato, esses convites dos Auersberger não mudaram nada, pensei sentado na poltrona de orelhas, continuam como trinta anos atrás, nos anos cinquenta, quando acabaram não apenas por verdadeiramente me enfadar, como também por me deixar quase louco. Você odeia o casal Auersberger há vinte anos, pensei ali na poltrona de orelhas, e de repente o encontra no Graben, aceita o convite e, no horário indicado, vai de fato à Gentzgasse. Conhece todos os convidados para o jantar e, ainda assim, vai. Por mim, pensei, teria sido melhor passar a noite toda lendo Pascal ou Gógol, Dostoiévski ou Tchékhov, do que nesse *jantar artístico* repulsivo na Gentzgasse. O casal Auersberger destruiu tua existência, tua vida, compeliram você a estado mental e físico terrível no começo dos anos cinquenta, a uma catástrofe existencial, à desesperança suprema que, em última instância, chegou mesmo a te levar a Steinhof* naquela época, e, ainda assim, você vai. Se não tivesse voltado as costas para os Auersberger no momento decisivo, você teria sido aniquilado por eles, pensei. Teriam, primeiro, te destruído e, depois, te aniquilado, se você não tivesse fugido na hora H, no último instante. Se eu tivesse ficado dois ou três dias a mais na casa deles em Maria Zaal, pensei ali na poltrona de orelhas, teria sido morte certa. Teriam esmagado você e jogado no lixo, pensei sentado

* Hospital psiquiátrico de Viena.

na poltrona de orelhas. Aí, você encontra teus cruéis destruidores e assassinos no Graben, tem um momento de sentimentalismo, deixa-se convidar e, ainda por cima, vai à Gentzgasse, pensei ali na poltrona de orelhas. E tornei a pensar que teria sido melhor ler meu Pascal, ou meu Gógol, ou meu Montaigne, ou tocar Satie ou Schönberg, ainda que no piano velho e desafinado. Você vai ao Graben para respirar um pouco de ar fresco, se reanimar, e corre justamente para os braços de teus antigos destruidores e aniquiladores. E ainda diz a eles que está ansioso para que chegue logo a noite, o seu *jantar artístico*, que há de ser coisa de mau gosto, como todas as noites, todos os jantares em casa deles de que se lembra. Só um idiota sem caráter pode aceitar um convite desse, pensei ali na poltrona de orelhas. Faz trinta anos que atraíram você para a armadilha deles e que você caiu nela, pensei sentado na poltrona de orelhas. Há trinta anos, humilhavam você diariamente, e você se sujeitava da maneira mais vil, pensei ali na poltrona de orelhas; faz trinta anos que você praticamente *se vendeu* a eles da maneira mais abjeta. Há trinta anos foi seu bobo da corte, pensei ali na poltrona de orelhas. E há exatos vinte e seis anos escapou deles (no último instante). Passou vinte anos sem jamais tornar a vê-los e, de repente, inteiramente desavisado, vai ao Graben, cai na mão deles, deixa-se convidar para ir à Gentzgasse, vai de fato à Gentzgasse e, ainda por cima, depois de dizer que está ansioso pelo *jantar artístico*, pensei ali na poltrona de orelhas. A todo momento, a Auersberger falava do *ator grandioso* que atingiu o ápice de sua carreira em *O pato selvagem* e animava os convidados, presentes já desde duas horas antes da meia-noite, com uma garrafa de champanhe de quinze em quinze minutos, garrafa que esvaziava nas taças estendidas por todas essas pessoas mais ou menos nojentas. Ela trajava o vestido amarelo que eu já conhecia, é possível que o tivesse vestido *por minha causa*, pensei, porque, trinta anos atrás, sempre lhe fiz elogios por causa desse vestido, que, na época, eu gostava tanto nela, ao passo que agora não me agradou nem um pouco, pelo contrário, pareceu-me efetivamente de mau gosto com a gola de veludo preto, em vez da vermelha de trinta anos atrás. Repetia sem cessar as palavras *ator grandioso* e *Pato selvagem arrebatador*, e isso com aquela voz que já me enervava trinta anos atrás, só que, naquela época, há trinta anos, eu achava aquela voz que me dava nos nervos uma voz interessante, ao passo que agora a percebi apenas como vulgar e repugnante. Senti nada menos que repugnância ao ouvir a Auersberger dizer *o mais importante dos atores* e *o maior ator vivo*. Nunca apreciei sua voz, mas, agora que a voz se tornara ainda por cima velha, frágil e volta e meia adquiria um tom histérico, agora que estava de fato em grande medida gasta e acabada, como se diz, era-me insuportável aguentá-la por muito tempo. Com aquela voz, a Auersberger já havia cantado Purcell, pensei, os *Lieder* do livro de Anna Magdalena Bach, sempre acompanhada ao Steinway pelo marido, meu amigo, o compositor e sucessor de Webern — como os especialistas sempre diziam —, e os cantava de modo a, francamente, me levar às lágrimas. Eu tinha então vinte e dois anos de idade, estava apaixonado por tudo que representavam Maria Zaal e a Gentzgasse e escrevia poemas. Agora, porém, sentia asco das cenas nojentas de que, trinta anos atrás, eu próprio participei sem a menor cerimônia. Durante anos a fio, eu e o casal Auersberger íamos a cada duas semanas de Maria Zaal à Gentzgasse e vice-versa, levamos aquilo ao extremo, foi o que pensei na poltrona de orelhas, tendo já consumido em pouquíssimo tempo várias taças de champanhe. Observando a Auersberger, pensei comigo na poltrona de orelhas que *ela*, e não o marido, havia me dirigido a palavra no Graben, e você aceitou o convite dela de imediato. *Eles* abordaram você *por trás*, pensei, provavelmente já o *observavam por trás* fazia algum tempo e, *observando-o, seguiram atrás de você* até, *no momento decisivo*, abordá-lo *com a rapidez de um raio*. Eu próprio, afinal, anos atrás, pensei ali na poltrona de orelhas, também observei o Auersberger, sempre bêbado há trinta anos, caminhando pela Rotenturmstraße com uma desconhecida de cerca de quarenta anos, uma mulher verdadeiramente arruinada, obviamente desleixada, de cabelos compridos e botas velhas de couro, observei o Auersberger enquanto caminhava atrás dele, observava mais ou menos cuidadosamente tudo nele e em sua acompanhante, o tempo todo pensava comigo se deveria abordá-lo ou não e, por fim, *não* o abordei, meu instinto me dizia que não devia abordá-lo; se o abordar, ele vai fazer algum comentário nojento e destruir você por dias, e de fato não o abordei, controlei-me, segui observando-o até a Schwedenplatz, lá embaixo, onde ele e a mulher desapareceram num edifício em ruínas. Observei o tempo todo a monstruosidade das pernas dele, enfiadas nas típicas meias três-quartos cinza de malha larga, seu caminhar ritmado por nada menos que perversidade, sua nuca sem um fio de cabelo. Ele combinava muito bem com a acompanhante arruinada, provavelmente uma artista plástica, alguma cantora macilenta ou atriz obscura e desempregada, como pensei então, pensei sentado na poltrona de orelhas. Lembrei-me ainda na poltrona de orelhas de que, sacudido pelo nojo, dei meia-volta rumo à Stephansplatz quando os dois desapareceram no edifício em ruínas da Schwedenplatz, e, com efeito, meu asco por eles chegou a ponto de eu me virar para a parede do Café Aida para vomitar; mas, aí, olhei para um dos espelhos do Café Aida e diretamente para meu próprio rosto arruinado, vi meu próprio corpo arruinado e senti mais nojo de mim mesmo do que sentira do Auersberger e de sua acompanhante, de modo que tornei a me virar e segui adiante, tão depressa quanto podia, rumo à Stephansplatz, ao Graben, ao Kohlmarkt e, por fim, ao Café Eiles, a fim de me precipitar sobre uma pilha de jornais e, assim, esquecer aquele encontro com o Auersberger e com sua acompanhante, bem como o encontro comigo mesmo, pensei ali na poltrona de orelhas. Esse truque do Café Eiles funcionava sempre; eu entrava, apanhava um punhado de jornais e me acalmava. Nem precisava ser necessariamente o Café Eiles, o Museum e o Bräunerhof surtiam o mesmíssimo efeito. Como outros vão ao parque ou à floresta, eu sempre corria para o café para me distrair e me acalmar, fiz isso a vida toda. Assim, também o casal Auersberger provavelmente me observou um bom tempo antes de, por fim, me abordar, pensei sentado na poltrona de orelhas; observou-me da mesma forma como, antes, caminhando pela Rotenturmstraße, observei o Auersberger, e é provável que com a mesma falta de consideração, da mesma maneira infame, com a mesma desumanidade. Aprendemos muito ao observar por trás pessoas que não sabem que as observamos e que observamos dessa forma pelo máximo de tempo possível, tanto quanto possível sem abordá-las nessa observação desconsiderada e infame, pensei ali na poltrona de orelhas; e, além disso, quando conseguimos nos controlar e não as abordamos, mas, pelo contrário, temos a capacidade de simplesmente dar meia-volta e nos afastar delas, no verdadeiro sentido da palavra, como fiz eu, que, no final da Rotenturmstraße e, portanto, na Schwedenplatz, tive a capacidade e a astúcia para dar meia-volta e me afastar. Esse mesmo método de observação deve ser aplicado tanto às pessoas que amamos como às que odiamos, pensei sentado na poltrona de orelhas e observando a Auersberger, que olhava sem parar para o relógio e procurava animar os convidados, obrigados a esperar pela ceia, pensei, até a chegada do ator. Na verdade, certa vez, há muitos anos, vi o ator agora aguardado no

Burgtheater, numa dessas comédias de costumes inglesas nojentas, em que a idiotice só é suportável porque é inglesa, e não alemã ou austríaca, e que, nos últimos vinte e cinco anos, vêm sendo volta e meia encenadas com pavorosa regularidade no Burgtheater, porque, nos últimos vinte e cinco anos, o Burgtheater se especializou sobretudo na idiotice inglesa, e o público vienense do Burgtheater acostumou-se a essa especialidade; de fato, o ator me ficou na memória como o típico "ator do Burg", ou seja, como um queridinho do público vienense e janota do Burgtheater possuidor de uma mansão em Grinzing ou em Hietzing que, no Burgtheater, faz o bobo da corte naquele tipo de imbecilidade teatral austríaca que, há vinte e cinco anos, sente-se em casa ali, ou seja, faz um daqueles estúpidos que gritam e que, nos últimos vinte e cinco anos, fizeram do chamado Burg uma instituição teatral do berro e da aniquilação dos dramaturgos, inteiramente desprovida de cérebro, e isso com a cooperação de todos os superintendentes que por ali passaram. Do ponto de vista artístico, o Burgtheater faliu há tanto tempo, pensei sentado na poltrona de orelhas, que não é mais possível saber quando teve início essa falência artística, e os atores que toda noite se apresentam ali são os falidos do Burgtheater. Mas convidar um tal esgoelador dramático para jantar, para um assim chamado *jantar artístico*, pensei ali na poltrona de orelhas, enquanto observava os Auersberger e seus convidados, segue sendo, para um casal como os Auersberger da Gentzgasse, uma suntuosidade austríaca, uma perversidade austríaca muito especial, como pensei ali na poltrona de orelhas, e a grandeza efetiva dessa suntuosidade para os Auersberger eu descobri ao precisar esperar pela ceia uma hora a mais do que o anunciado, isto é, todos tiveram de esperar até que o ator, à meia-noite e meia, tocou a campainha e entrou pelo apartamento dos Auersberger na Gentzgasse com aquela sua desavergonhada tossezinha do Burgtheater. Em segredo, sempre odiei os atores, e os chamados atores do Burg sempre arrancaram de mim ódio especial, à exceção dos grandiosos, como a Wessely e a Gold, que amei com fervor a vida toda; e o ator do Burg convidado dessa noite pelo casal Auersberger para a Gentzgasse é com certeza um dos mais repugnantes com que jamais deparei. Como um tirolês de nascimento que, ao longo de três décadas, *se aninhou com Grillparzer no coração dos vienenses*, conforme li certa vez a seu respeito, ele incorpora para mim o mais perfeito exemplo do antiartista, pensei ali na poltrona de orelhas, é o protótipo do canastrão sem um pingo de fantasia e, portanto, absolutamente insípido — como o público do Burgtheater, e, consequentemente, de toda a Áustria, sempre apreciou —, um dos muitos atores patéticos e hediondos que toda noite toma de assalto a literatura encenada ali e, contorcendo as mãos com perversidade e provincianismo e fazendo uso de sua dicção brutal, despedaça e aniquila a poesia. Há décadas essa gente destrói tudo no Burgtheater com sua força bruta histriônica, pensei ali na poltrona de orelhas; não é apenas o terno Raimund, o Kleist nervoso, que o Burgtheater despedaça e aniquila há décadas, também o grande Shakespeare sucumbe ali, vítima dos carniceiros do Burgtheater, que creem ter arrendado para todo o sempre o conjunto da arte teatral. Aqui, porém, neste país, pensei comigo na poltrona de orelhas, o ator do Burg é de fato o máximo, e conhecer um ator do Burg, ainda que apenas de vista, por assim dizer, ou recebê-lo em casa como convidado para a ceia, isso o austríaco, e em especial o vienense, sente como uma excepcionalidade sem igual, o que sempre o torna repulsivamente ridículo para mim, em especial o austríaco de Viena, como pensei sentado ali na poltrona de orelhas, quer ele diga que conhece um ator do Burg, quer afirme ter recebido um ator do Burg para a ceia. Os atores do Burg são marionetes pequeno-burguesas que não têm a menor ideia do que seja a arte teatral e que há muito tempo transformaram o Burgtheater num asilo para seu diletantismo teatral. Não por acaso, já nos anos cinquenta escolhi essa poltrona de orelhas, que continua sempre no mesmo lugar; nela, que nesse meio-tempo os Auersberger mandaram revestir, vejo tudo, ouço tudo, nada me escapa, pensei. Sentado nela em meu assim chamado *terno fúnebre* preto, já bastante apertado, o terno comprado há exatos vinte e três anos em Graz, a caminho de Trieste, e que usei no enterro de Joana em Kilb, o qual só foi terminar no final da tarde, pensei comigo que, de novo, estava contrariando minhas convicções e me fazendo vil e abjeto, e isso por ter aceitado, em vez de recusar, o convite dos Auersberger para a ceia e por ter amolecido e fraquejado por um instante no Graben, negando tudo em mim; e pensei também que, nessa noite, já a caminho da madrugada, estava virando de cabeça para baixo não apenas meu caráter, mas também todo o meu ser. Esse curto-circuito devastador só podia ser atribuído ao suicídio de Joana, é claro que teria recusado o convite dos Auersberger se o suicídio de Joana não tivesse me consternado de maneira verdadeiramente aniquiladora, pensei agora, sentado na poltrona de orelhas, e o teria recusado no momento em que o casal Auersberger me convidou no Graben da forma abrupta e direta que lhes era peculiar, com aquela indecência agressiva que desde sempre me repugnava neles. Quase todos os convidados para a ceia ainda vestiam seus trajes pretos do funeral, pensei ali na poltrona de orelhas, só um ou dois haviam se trocado para a ceia, quase todos, portanto, vestiam preto, efetivamente esgotados, tanto quanto eu, pelas tribulações em Kilb, onde choveu forte bem na hora do sepultamento. E o assunto de suas conversas, das quais eu só ouvia fragmentos, naturalmente não era senão o enterro de

Joana, *a vida desafortunada* na qual a lançara o marido, que a abandonara havia já sete ou oito anos a caminho do México. As tapeçarias daquele homem, que, aqui e ali, pendiam das paredes dos Auersberger — do homem que, como diziam todos, *carregava na consciência* o suicídio de Joana —, escureciam o ambiente, inculpando seu criador, ambiente este, de todo modo, já parcamente iluminado por fracas luminárias ao estilo Empire. O tapeceiro, assim ouvi várias vezes na penumbra da Gentzgasse, havia fugido para o México justamente com a melhor amiga da mulher, deixando sozinha a *infeliz Joana*. Justamente para o México e justamente no momento em que isso só podia *feri-la de morte*. Aos cinquenta e dois anos, tinha sido abandonada no ateliê da Sebastiansplatz sem o menor apoio financeiro, praticamente sem nada. Várias vezes ouvi dizerem que era espantoso Joana não ter se enforcado no ateliê da Sebastiansplatz, e sim na casa paterna em Kilb, ou seja, não na cidade, e sim no campo. A saudade da casa paterna a levara a Kilb, ouvi diversas vezes, de Viena para Kilb, do *pântano citadino* para o *idílio campestre*. Na verdade, as expressões "pântano citadino" e "idílio campestre" não me soaram sem um quê de perversidade, creio ter sido o Auersberger a pronunciá-las repetidas vezes, enquanto, da poltrona de orelhas, eu observava sua mulher, cujo riso histérico irrompia de tempos em tempos, enquanto ela tentava manter o ânimo das pessoas até a chegada do ator do Burg. O apartamento da Gentzgasse, no terceiro andar, compõe-se de sete ou oito cômodos entulhados de móveis dos períodos josefino e Biedermeier; nele haviam morado os pais da Auersberger; o pai tinha sido um médico um tanto mentecapto, originário de Graz, que tivera ali, na Gentzgasse, seu consultório, embora jamais tenha feito carreira nenhuma na medicina; a mãe era da Estíria, uma mulher informe, uma criatura bochechuda da pequena nobreza do campo que, em decorrência de uma terapia para gripe prescrita pelo marido, perdera para sempre todos os cabelos já aos quarenta anos e, por isso, retirara-se bem cedo de todo e qualquer convívio social. No fundo, os pais da Auersberger viviam na Gentzgasse graças ao dinheiro da mãe, que, por sua vez, o herdara das propriedades dos pais *dela* na Estíria. A mãe pagava tudo, o pai não ganhava nada como médico. Ele era uma pessoa muito sociável, o chamado boa-pinta, frequentava todos os grandes bailes de Viena no Carnaval e, até o fim da vida, conservou a capacidade de ocultar sua burrice atrás ou debaixo da forma esbelta e aprazível. Ao longo de toda a vida, a mãe da Auersberger não teve muito do que se alegrar com aquele marido, mas se contentou com seu papel modesto, menos nobre que pequeno-burguês ao extremo. O genro, lembrei-me de súbito na poltrona de orelhas, volta e meia escondia-lhe a peruca, sempre que se sentia inclinado a fazê-lo, fosse na Gentzgasse ou na Estíria, em Maria Zaal, e a pobrezinha não podia sair de casa. O que o divertia ao esconder a peruca era *tirar* a sogra *do sério*, como se diz na Áustria; já na casa dos quarenta anos, ele ainda escondia as perucas dela, que, afinal, tinha várias, um sinal perverso da infantilidade do Auersberger. Eu próprio fui muitas vezes testemunha desse jogo de esconde-esconde, tanto em Maria Zaal como na Gentzgasse, e digo com toda a sinceridade que também me divertia com isso sem sentir a menor vergonha. Sobretudo nas grandes festividades e nos feriados mais importantes, a sogra do Auersberger era obrigada a ficar em casa, porque o genro escondera suas perucas. Só quando sentia vontade, jogava as perucas escondidas na cara dela. Precisava humilhar a sogra, pensei sentado na poltrona de orelhas e observando-o no fundo da sala de música, assim como necessitava do triunfo que, assim, de maneira verdadeiramente infernal, propiciava a si próprio. O modo como ele agora se pôs a praticar um pequeno exercício para os dedos ao piano e, ao fazê-lo, ergueu a cabeça pálida, já vítrea e embotada de tanto álcool, esticando para fora da boquinha azulada a ponta da língua, me repugnou. Escolheu Giovanni Gabrieli, pensei, para esse momento de perversidade. E me lembrei de que, na época em que minha amizade com o casal Auersberger era a mais íntima, de fato a mais profunda, eu muitas vezes me postava junto do Steinway dos Auersberger para cantar árias italianas, alemãs e inglesas — superestimando-me perversamente, eu diria hoje; valia-me então do fato de ter me formado na chamada Academia de Música e Artes Cênicas Mozarteum, em Salzburgo, o que jamais explorei, pelo contrário, formei-me no Mozarteum como baixo-barítono sem perspectiva alguma e, dali em diante, nunca entretive nem por um instante o desejo de me tornar musicista profissional. Mas as tardes em Maria Zaal eram longas, assim como as tardes e as noites na Gentzgasse, de forma que o Auersberger se sentava ao piano quase todo dia, eu me postava a seu lado e musicávamos; ao longo de várias semanas, conforme me lembrei agora na poltrona de orelhas, percorríamos todo o repertório clássico italiano, alemão e inglês de árias e *Lieder*. O Auersberger, a quem certa vez chamei um *Novalis dos sons*, sempre foi um pianista de primeira, pensei agora na poltrona de orelhas, mesmo hoje bastava que se sentasse por dois ou três minutos ao Steinway para que, mesmo em seu estado de embriaguez, desse provas de sua arte. Mas arruinou-se, durante anos de alcoolismo doentio pôs a perder tudo que tinha, inclusive o talento musical, que era o que tinha de melhor, pensei sentado na poltrona de orelhas. Sabemos há décadas que uma pessoa próxima de nós é um ser ridículo, mas só o *enxergamos* de súbito e depois de décadas, pensei ali na poltrona de orelhas, como agora, de repente, vejo com toda a clareza que o Auersberger, o chamado sucessor de Webern, é uma pessoa ridícula; e, da mesma forma como o sempre bêbado Auersberger é, à sua maneira, uma pessoa ridícula, e provavelmente sempre foi, pensei agora na poltrona de orelhas, também sua mulher é uma pessoa ridícula, e sempre foi uma pessoa ridícula. Por essas pessoas ridículas você um dia foi apaixonado, foi até mesmo louco por elas, disse a mim mesmo agora na poltrona de orelhas, por essas pessoas ridículas, vis e abjetas que, de súbito, pela primeira vez em vinte anos, viram você justamente no Graben, e justamente no dia em que Joana se matou, o abordaram e convidaram à Gentzgasse para seu *jantar artístico com o famoso ator do Burg*. Que gente mais ridícula e vil, pensei sentado na poltrona de orelhas, e que pessoa vil e ridícula sou eu também, pensei logo em seguida, que aceitei o convite e, sem nenhuma cerimônia, como se nada tivesse acontecido, me sentei em sua poltrona de orelhas na Gentzgasse, as pernas bem esticadas, uma sobre a outra, e, enquanto por certo já terminava de beber minha terceira ou quarta taça de champanhe, pensei comigo que eu próprio sou muito mais vil e abjeto que os Auersberger, os quais, com o convite que você aceitou, ludibriaram você. É certo que esperavam pelo ator, mas *dominava-os* o suicídio de Joana, cujo enterro vespertino não transcorrera sem lhes deixar vestígios. Na poltrona de orelhas, onde os Auersberger me mantiveram esperando pelo ator do Burg até depois da meia-noite, a mim e a todos os outros, pensava praticamente o tempo todo apenas e tão somente no enterro de Joana e nas circunstâncias que haviam conduzido àquele enterro terrível, nas causas daquele fim tão desesperado. Ali, afinal, deixavam-me em paz permanente, porque a poltrona de orelhas ficava atrás da porta pela qual entravam os recém-chegados, e exatamente naquela penumbra em que minha fantasia e meus pensamentos sempre lograram se concentrar melhor nos assuntos em questão e se desenvolver; ao entrar, os convidados só me viam depois de terem passado por mim e, além disso, apenas se se voltassem para a porta, o que só uns poucos fizeram; a maioria logo atravessava apressada o vestíbulo, onde eu me sentara na poltrona de orelhas, em direção à assim chamada sala de música, cuja porta sempre ficava aberta; tanto quanto me lembro, a porta do vestíbulo para a chamada sala de música nunca esteve fechada; que eu me lembre, o casal Auersberger nunca fechou essa porta, mesmo quando estava sozinho comigo, e já devido à acústica excepcional que a porta aberta da sala de música propiciava, à qual, portanto, o Auersberger atribuía grande valor, como era natural para um compositor. Sentado na poltrona de orelhas, eu via as pessoas na sala de música mas os convidados na sala de música não me viam. Todos entravam pela porta do apartamento e caminhavam de imediato para a sala de música, sempre foi assim, e nessa noite, conforme me pareceu, entravam com veemência pela porta e literalmente precipitavam-se do vestíbulo para a sala de música, onde a Auersberger os aguardava de braços abertos para recebê-los, como se coubesse a *ela* receber as condolências pela morte de Joana, como se agora, nessa recepção noturna, *ela* usasse a morte de Joana para seus propósitos pessoais. Como a maioria havia se visto ainda à tarde em Kilb, bastava um rápido abraço para que, então, cada um fosse se acomodar numa das poltronas da sala de música com uma taça de champanhe. Enquanto a Auersberger só falava no *grande ator*, *no maior* dos atores, no *mais singular e genial*, praticamente só se ouvia dos convidados o tempo todo o nome *Joana*, que de fato sempre soara bem mas que, para a própria *Elfriede Slukal*, de Kilb, sempre havia sido apenas o nome artístico que, ao fim e ao cabo, de nada lhe serviu, uma vez que, embora Elfriede Slukal tenha querido fazer carreira em Viena com o nome *Joana*, ela nunca fez carreira nenhuma; um ex-bailarino e coreógrafo, que certa vez chegou a coreografar um balé na Staatsoper, aconselhou Elfriede, inexperiente e recém-chegada a Viena proveniente de Kilb mas desejosa de se dedicar impreterivelmente ao teatro e, por fim, ao balé, que adotasse o nome *Joana* — de todo modo, exótico ali —, conselho que a *pequena Elfriede*, como sempre a chamava sua mãe, acatou de pronto, na esperança de fazer carreira como Joana, carreira que lhe teria sido vedada como Elfriede e, com certeza, mais ainda como Elfriede Slukal. Enganou-se redondamente, pensei comigo na poltrona de orelhas, mesmo com o nome Joana, Elfriede Slukal não fez carreira nenhuma, como se vê; agora, porém, ali, nessa noite na Gentzgasse, os presentes ao *jantar artístico* pronunciavam a todo momento o nome Joana, como se ele ocultasse um prodígio humano. Tanto quanto podia ouvir da poltrona de orelhas, todos falavam da *morte* de Joana, ninguém falava do *suicídio*, não ouvi uma única vez a palavra "forca" ou mesmo "enforcada". Nesse meio-tempo, umas dezesseis ou dezessete pessoas deviam ter chegado para o *jantar artístico*, pensei ali na poltrona de orelhas, eu conhecia a maioria delas e as cumprimentei com um breve aceno de cabeça, sentado na poltrona de orelhas; cinco ou seis, não conhecia, dois rapazes pareciam jovens escritores. Tenho o dom de agir de tal forma que me permitam ficar sozinho sempre que eu queira, e, sentado na poltrona de orelhas, exercitava com maestria essa arte de ficar sozinho comigo mesmo; as pessoas me reconheciam na escuridão do vestíbulo, queriam começar uma conversa, mas eu aplacava todo e qualquer esforço nesse sentido simplesmente permanecendo sentado na poltrona de orelhas e fingindo não entender o que me diziam, assim como olhando para o chão no momento decisivo, em vez de olhar para o rosto da pessoa; fiz muito simplesmente que ainda estava, de fato e por completo, sob o efeito do suicídio de Joana, e sempre que se apresentava o perigo de que algum dos convidados tivesse a ideia de me fazer companhia, o que, dadas as circunstâncias, busquei evitar a todo custo essa noite, eu aparentava uma promissora desatenção sentado na poltrona de orelhas. Aceitava inclusive a possibilidade de que me tomassem não apenas por arisco, como se diz em Viena, mas até mesmo por avesso, quando não por pura e simplesmente repulsivo; não é em absoluto da minha natureza comportar-me de forma grosseira em sociedade, mas, nessa noite, fiz-me mal-educado, arredio, ofensivo, sou obrigado a reconhecer. Com o tempo, chegara aos ouvidos de alguns desses convidados certo rumor de que eu era peculiar, estranho, singular, e mesmo de uma *perigosa excentricidade* de minha parte, assim como, em virtude de minha temporada em Londres, de que eu era de uma *maluquice verdadeiramente irritante*, como me disseram certa ocasião, e eles odiavam a mim e a meus escritos, ao mesmo tempo que, ao me ver, se insinuavam da forma mais vil. Eu, contudo, evitava o tempo todo aquelas pessoas; desde minha volta de Londres e de minha chegada a Viena, evitava sobretudo a gente do passado, em especial a chamada *gente da arte dos anos cinquenta*, e muito especialmente os presentes ao *jantar artístico* na Gentzgasse. As pessoas entravam e já caíam mais ou menos na minha armadilha, porque, ao entrar, faziam que eu não as observava, ao passo que, de meu posto na poltrona de orelhas, eu as observava, sim, e a fundo. Caminhavam em direção à Auersberger, postada no vão da porta da sala de música, e deixavam-se abraçar por ela. Eram todas, sem exceção, muito versadas na arte teatral, gente que sabia muito bem como explorar o *Caso Joana*. Os Auersberger sempre foram *bons anfitriões*, como se diz, ao menos no campo das aparências, e ninguém os igualava na indecente prodigalidade de seu fervor social, no zelo ininterrupto que dedicavam à arte e à cultura e, portanto, na busca constante e indecente por gente conhecida e famosa. Naturalmente, é preciso reconhecer, tinham seu *charme austríaco*, por assim dizer, a despeito do caráter horroroso e repugnante. Mas não foi esse *charme austríaco*, pensei ali na poltrona de orelhas, que me fez aceitar seu convite, e sim a indecência de sua formulação imediata no Graben, pensei enquanto observava o Auersberger, que, sentado diante do Steinway e por causa da miopia, quase se debruçava para folhear um caderno de partituras que por fim se revelou o *Álbum de Anton von Webern* que eu conhecia muito bem; ele já posicionava a partitura para uma breve amostra da arte do canto por parte de sua mulher. Curiosamente, preservei minha acuidade visual até esta minha idade, em geral dominada pelo rápido avanço da presbiopia, pensei ali na poltrona de orelhas; por volta dos quarenta e cinco anos, as pessoas começam a enxergar mal, notam que precisam segurar o jornal a meio metro de distância para conseguir ler; eu fui poupado dessa fraqueza da visão, enxergo melhor do que nunca, ou assim acredito, com maior nitidez e desconsideração do que nunca, ou seja, com olhos londrinos, penso. O champanhe que os Auersberger estão servindo não é de primeiríssima linha, pensei comigo na poltrona de orelhas, mas está entre os três ou quatro mais caros, apropriado à visita de um ator do Burg, como devem ter pensado. Naturalmente, suei bastante durante o enterro de Joana e, como não quis me trocar para esse *jantar artístico*, borrifei água-de-colônia na roupa e exagerei, como pensei nesse momento; o fedor repugnante a água-de-colônia é coisa que nunca me perdoei. Mas nessa noite meu fedor não chamava atenção, porque, assim pensei, todos tinham passado perfume demais nas roupas, e esse era o odor predominante no apartamento dos Auersberger. De tempos em tempos, como pude ver, a cozinheira do casal esticava a cabeça da cozinha para a sala de música pela porta entreaberta para ver se podia dar início à ceia, mas, de novo, o ator do Burg ainda não havia chegado. A Auersberger, sentada naquela graciosa poltrona ao estilo Empire cujo encosto nada mais é que uma lira entalhada com arte na nogueira, animava os convidados. A maioria deles fumava, e, como eu, bebia champanhe, e beliscava as bolachinhas que a Auersberger havia distribuído pela casa toda em antigas tigelinhas de porcelana da Herend, também a meu lado havia uma tigelinha de porcelana da Herend, e sempre detestei todas aquelas tigelinhas de porcelana da Herend e todo tipo de petisco, de forma que não beliscava, nunca apreciei bolachinhas, tampouco bolachinhas salgadas e menos ainda bolachinhas salgadas japonesas, que, nos últimos anos, também em Viena viraram moda em todas as recepções. No fundo, é uma indecência, disse a mim mesmo, fazer os convidados esperarem pelo ator, transformar todos esses convidados, inclusive a mim, em pano de fundo para o ator do Burg, degradá-los por completo com essa espera. Em dado momento, o Auersberger disse, curto e grosso, que detestava o teatro; sempre que bebia mais do que o permitido pela mulher, de repente, devo dizer, com a rapidez de um raio punha para fora seus pensamentos mais íntimos, e de súbito, portanto, não tendo ainda chegado o ator, pôs-se a atacá-lo; com razão, devo dizer, chamou o Burgtheater uma *pocilga*, e o aguardado ator, um *megalomaníaco recitador de deixas*, mas foi logo advertido pela mulher, a Auersberger; devia sentar-se ao piano, que era seu lugar, e ficar quieto, disse ela, seus olhos fazendo a ronda, como se diz. Os Auersberger não mudaram nada, disse a mim mesmo na poltrona de orelhas: ela teme pela harmonia de seu *jantar artístico*, ele ameaça destruir esse *jantar artístico*. Possuem uma causa comum, isto é, a vida social, pensei, mas, conforme as horas avançam, e depois de duas ou três taças de champanhe, ele encena o rompimento, lembra-se, por assim dizer, de sua personalidade de artista. A rigor, os dois não têm nada na cabeça que não seja a sociedade, sem a qual não podem existir, sempre a chamada "melhor sociedade" — porque a alta sociedade, essa nunca alcançaram —, sem jamais, por outro lado, abrir mão da arte, ou seja, dos Webern, dos Berg, dos Schönberg, da arte e dos artistas que precisavam invocar com a máxima veemência a todo momento e a cada oportunidade em seu nefasto delírio social transformado em loucura. Joana não era a melhor amiga do Auersberger, como tantas e tantas vezes se afirmou no passado, mas era *a* amiga artista, pensei, na poltrona de orelhas, e eu a conheci por intermédio dele, como já disse, no ateliê da Sebastiansplatz. Era uma menina do campo mimada pela mãe, que era casada com um ferroviário de Kilb; nos lábios da menina, por assim dizer, os pais procuravam ler cada desejo e, na medida do possível, satisfazê-los todos, o que, com certeza, *também* é causa de seu suicídio, como pensei agora, essa *paparicação campesina* tão comum entre as pequenas famílias das comunidades rurais, sobretudo na Baixa Áustria. Que bela aldeia é Kilb, pensei; passei muitas tardes e até noites lá, pernoitando não na casinha térrea e, embora úmida, verdadeiramente aconchegante dos pais de Joana, a casa dos Slukal, porque lá não havia lugar, e sim na hospedaria Zur Eisernen Hand;* caminhava horas ao lado de Joana e conversava com ela sobretudo a respeito da *oficina do movimento* que ela mantinha em Viena e, portanto, sobre a arte do balé. Desde a mais tenra infância, ainda enquanto frequentava a escola primária em Kilb, Joana sempre quis ser atriz ou bailarina famosa, nunca teve clareza sobre qual era o mais acertado para ela, se ser atriz ou bailarina; por fim, definiu-se como *coreógrafa*, montou peças baseadas em contos de fada em diversos pequenos teatros vienenses, alcançou grande sucesso

---

* Ao pé da letra, "mão de ferro".

de crítica no chamado teatro de sombras e acabou certa feita ministrando um curso no Burgtheater sobre o *porte ao caminhar*. Naturalmente, não fazia sentido nenhum acreditar que ela poderia ensinar os atores do Burg, que nem andar sabem, a caminhar corretamente, porque ninguém é capaz de ensiná-los a andar, assim como tampouco a falar. Mas, graças à intermediação de um alto funcionário da chamada administração dos teatros austríacos, ela obteve, em meados dos anos cinquenta, o contrato para ensinar os atores do Burg a andar. Seu curso fracassou em razão do total desinteresse dos atores, e, por fim, do desinteresse dela própria. Durante todo um ano, no entanto, ela recebeu uma respeitável remuneração por ele. No fundo, nunca conseguiu se decidir se queria ser atriz ou bailarina; assim, seguiu dançando e atuando ao longo de toda a infância, foi para Viena e, de fato, estudou até concluir o curso superior de arte dramática no Max Reinhardt Seminar, mas nunca assinou um contrato como atriz. No ápice de sua indecisão, que ela própria sempre caracterizava como uma *crise artística*, casou-se com o artista da tapeçaria, o *tapeceirista*, como o chamava, pensei ali na poltrona de orelhas. Viveu mais de dez anos com seu tapeceirista na Sebastiansplatz, no 3º Distrito, num ateliê de trezentos metros quadrados na cobertura de um edifício aristocrático construído em 1888, sob três cúpulas gigantescas de vidro, e ali tiveram origem as tapeçarias que, nesse meio-tempo, tornaram o tapeceirista famoso não apenas na Europa. O ex-pintor, de antiga família judia, para quem a arte da tecelagem e, portanto, a arte dos gobelins foi *a salvação*, como ele volta e meia repetia, encontrara Joana no momento certo, uma vez que a originalidade e a beleza dela em pouco tempo transformaram o ateliê da Sebastiansplatz num polo artístico da sociedade vienense; ele fazia as tapeçarias, ela as vendia. O charme de Joana tornou os tapetes do tapeceirista famosos primeiramente em Viena, depois na Europa e, por fim, nos Estados Unidos, pensei comigo na poltrona de orelhas, e logo a seguir pensei também que, bem no auge de sua fama (que sem dúvida devia a Joana!), ele fugiu para o México, como se diz, com a melhor amiga da mulher. Com essa amiga de Joana, o tapeceirista se casou na Cidade do México, mas, já um ano depois, separou-se dela para desposar uma mexicana (a filha de um ministro!), com a qual segue casado até hoje. Do começo ao fim de sua vida, Joana foi de fato uma *criança infeliz*, pensei ali na poltrona de orelhas. Justamente no dia em que ela se matou, fui ao Graben e encontrei o casal Auersberger; não acredito que tenha sido coincidência, pensei ali na poltrona de orelhas. Passei mais de dez anos sem nem pensar em Joana, pensei, perdi-a completamente de vista durante anos, nunca mais tive notícias. Agora, em Kilb, soube que, nos últimos anos de vida, Joana teve a seu lado um *companheiro*, ou seja, voltou a ter um companheiro; esse companheiro, pensei, eu o vi pela primeira vez na Zur Eisernen Hand, vinha de um dos recantos mais obscuros do estado de Salzburgo e sempre se esforçava para falar um alemão culto, que, saído de sua boca, foi o mais triste que já ouvi na vida. Para o enterro da companheira, ele vestiu um casaco preto comprido que ia até os calcanhares e um chapéu preto de aba larga, mole, do tipo que hoje, entre atores provincianos, voltou a ser considerado ultramoderno. Naturalmente, não podemos julgar seres humanos apenas pelo modo como se vestem, pensei, esse erro nunca cometi, mas, de início, tudo me repugnou nesse companheiro de Joana, que, pelo que ouvi, viveu oito anos com ela: o modo como falava, o que ele dizia, o modo como andava e sobretudo seu jeito de comer na Zur Eisernen Hand. Chocou-me o fato de Joana ter acabado com um sujeito tão *arruinado*, que, no fim, depois de atuar num teatrinho de Josefstadt, pôs-se a viajar pela região como representante comercial de uns brincos baratos fabricados em Hong Kong; mesmo como representante, tinha um aspecto maltrapilho, lembrava os vendedores itinerantes do mercado, e, mesmo dentre estes, apenas os de mais baixa categoria. O modo como disse *salada de batata* à garçonete da Zur Eisernen Hand quase me deu ânsia de vômito, pensei agora na poltrona de orelhas, da qual observava os convidados na sala de música, que, como num palco, atuavam em segundo plano, como uma fotografia em movimento envolta no véu da fumaça que, nesse meio-tempo, seus cigarros e seu fumar incessante haviam produzido. De repente, os Auersberger disseram que só esperariam mais quinze minutos para servir o jantar, *no máximo até meia-noite e meia*, declarou a Auersberger à hoje gorda e feia escritora Jeannie Billroth, com quem ela conversava fazia algum tempo, naturalmente sobre Joana, ou seja, com a Jeannie Billroth que sempre se viu como a Virginia Woolf de Viena, ao passo que, em seus romances e contos, o máximo que conseguiu pôr no papel foi tagarelice sentimental e um kitsch horrendo. A escritora Jeannie Billroth, que apareceu na Gentzgasse com um vestido preto de lã tricotado por ela mesma, também era amiga de Joana, morava no 2º Distrito da cidade de Viena, bem perto da alameda principal do Prater, e, de fato, existia fazia décadas imaginando-se *a maior escritora, a maior poeta austríaca*; também nessa noite, ou melhor, também nessa madrugada na Gentzgasse ela não titubeou um instante ao assegurar à Auersberger que, em seu último romance, tinha ido *um passo além de Virginia Woolf*, o que ouvi porque tenho ótima audição, sobretudo tarde da noite; seu livro superava em muito *As ondas*, disse, acendendo um cigarro e cruzando as pernas. Disse também que ia ver *de novo O pato selvagem*, tão elogiado pela crítica, *esse Ibsen enigmático*, disse à Auersberger; aliás, sua tentativa de *adquirir O pato selvagem* numa livraria de Viena havia fracassado, nenhuma livraria do centro da cidade tinha *O pato selvagem em estoque*, não tinha conseguido *desencavar* nem mesmo uma ediçãozinha de bolso. Mas naturalmente conhecia *O pato selvagem*, amava Ibsen, sobretudo *Peer Gynt*, declarou em meio à espessa névoa que ela própria produzia. Fumava muito e, de tanto fumar, tinha uma voz rouca, assim como um rosto inchado de tanto beber vinho branco. Na época em que eu frequentava assiduamente o casal Auersberger, estive também muitas vezes com a escritora Jeannie Billroth, vezes de mais e com uma intensidade quase suicida, como penso; ia à casa dela, um apartamento subsidiado no qual ela morava com um químico, Ernstl, que não se casou com ela, ou com quem ela não se casou, ao longo de toda uma década. Ernstl ganhava o dinheiro, Jeannie tinha a reputação, atraía artistas e pseudoartistas, cientistas e pseudocientistas; nas palavras frequentes de Joana, punha *cor na desolação do apartamento subsidiado*, atulhado de pequena burguesice. A própria escritora Jeannie nada mais é que a pequena-burguesa que, com o tempo, se instalou em sua cabeça pequeno-burguesa, pensei comigo na poltrona de orelhas. Depois da morte de meu amigo Josef Maria, que se enforcou exatamente como Joana e que, depois da guerra, no início dos anos cinquenta, editou a primeira *revista literária* oficial da Áustria, Jeannie assumiu a edição dessa *Literatur in der Zeit*, e a partir daí a revista se tornou ilegível, transformada, a rigor, numa publicação inteiramente desprovida de valor, ou seja, uma revista acéfala e entediante ao extremo que esse Estado horroroso, nojento e confuso subvencionava e na qual se publicava sempre e apenas o cúmulo do mau gosto, da imbecilidade e sobretudo, volta e meia, os poemas da própria Jeannie Billroth, que se acreditava não apenas uma sucessora de Virginia Woolf, e mesmo uma sucessora que a sobrepujara, mas também uma *sucessora* direta que *sobrepujara* a Droste e escrevia *os melhores poemas austríacos*. Mas só escrevia, na verdade, poemas ruins, nos quais nem os sentimentos nem os pensamentos possuíam o menor valor literário. Ela editou aquela estúpida *Literatur in der Zeit* durante quinze anos, até que lhe tiraram a revista das mãos com a promessa de pagar a ela uma aposentadoria vitalícia. Nem assim a revista melhorou, pensei; pelo contrário, o atual editor é ainda mais burro e incompetente que ela. Por infelicidade, fui ao Graben nesse 14 de março com a intenção de comprar uma gravata no Kohlmarkt ou na Naglergasse, sempre comprei minhas gravatas no Kohlmarkt ou na Naglergasse, e corri para os braços dos Auersberger, pensei ali na poltrona de orelhas. É provável que não tivessem me abordado, não fosse o pretexto de me comunicar a morte de Joana, pensei agora, e eu próprio jamais teria aceitado o convite para a ceia se, nesse dia, a morte de Joana não tivesse, por assim dizer, me *tirado do prumo*. A merceeira de Kilb, eu naturalmente não reconheci de imediato por telefone, não reconheci sua voz, porque sempre ouvira aquela voz em Kilb e, pela última vez, havia pelo menos vinte anos, na Zur Eisernen Hand, aonde tinha ido com Joana e sua amiga de Kilb comer umas salsichas no vinagre, numa atmosfera animada, por assim dizer, como me lembrei com precisão na poltrona de orelhas. Joana devia ter se enforcado entre três e quatro da manhã, disse a merceeira no telefone, isso segundo informação do médico, que, aliás, cortara ele mesmo a corda que Joana prendera na viga do telhado da entrada da casa. Os médicos do campo não são melindrosos, pensei. Também vi esse médico no cemitério de Kilb, era amigo de infância de Joana. O enterro foi algo grotesco. Fui de trem até Sankt Pölten e, na baldeação para Mariazell, peguei outro trem, que chegou a Kilb às dez e meia da manhã. Para chegar a Kilb antes das dez e meia — o enterro estava marcado para uma e meia da tarde —, precisei estar na Westbahnhof de Viena às sete e meia da manhã;

recusei todas as ofertas de carona de amigos para o enterro em Kilb, prezo minha independência acima de tudo, e praticamente não há nada que eu odeie mais do que viajar de carro com alguém e ficar, então, à mercê dessa pessoa, para o bem e para o mal. Eu me lembrava bem da paisagem entre Sankt Pölten e Kilb, e ela não me decepcionou nem mesmo nessa ocasião triste. Nessa viagem pelas colinas da Baixa Áustria, naturalmente recapitulei minhas visitas anteriores a Joana, a maior parte delas feita em companhia do marido dela, o tapeceirista, ou do casal Auersberger. Mas com frequência também viajava sozinho para Kilb, fazia isso volta e meia em minhas visitas à Áustria durante meu tempo de Inglaterra; tinha a mais agradável das lembranças dessas longas viagens até Kilb. Não importa para onde, prefiro viajar sozinho, assim como também prefiro *caminhar* sozinho. Mas saber que, no final de minha viagem a Kilb, encontraria Joana na casinha térrea dos pais sempre me proporcionava a maior alegria. Minhas viagens a Kilb, eu as fazia na primavera e no outono, jamais no verão, nunca no inverno. As moças do campo, assim que começam a pensar, almejam ir para Viena, para a capital, pensei sentado na poltrona de orelhas, e isso até hoje não mudou; Joana tinha de ir para Viena, porque queria de todo modo fazer *carreira*. Mal pôde esperar até, um dia, embarcar num trem para Viena, para sempre, por assim dizer. Viena, porém, lhe trouxe mais infelicidade que felicidade, pensei ali na poltrona de orelhas. Os jovens partem para a capital e se desgraçam, no verdadeiro sentido da palavra; justamente ali, no lugar de onde esperavam tudo, naufragam na sociedade repugnante, na falta de escrúpulos da sociedade, em sua própria natureza, que, na maioria das vezes, não é páreo para a cidade grande, para essa Viena antropófaga. Afinal, também o Auersberger quis fazer carreira em Viena, pensei ali na poltrona de orelhas, e, tanto quanto Joana, não fez carreira nenhuma na cidade, correu atrás de uma carreira que, o tempo todo, e até hoje, saiu correndo dele. Não se empenhou o bastante, pensei agora, sentado na poltrona de orelhas, assim como tampouco Joana se empenhou o bastante; sim, porque uma carreira numa cidade grande não se faz sozinha, menos ainda em Viena. Esse foi o erro de ambos, pensei agora na poltrona de orelhas, ter achado que a metrópole Viena lhes daria uma ajudazinha, por assim dizer; a metrópole não dá a ninguém uma ajudazinha, como se diz; pelo contrário, ela tenta o tempo todo repelir, destruir, aniquilar o infeliz que chega em busca de uma carreira, destruiu e aniquilou tanto Joana como o Auersberger, que um dia acreditou poder transformar-se em Viena num grande compositor, e mesmo num compositor importante, de importância mundial, ao passo que, para falar a verdade, não apenas não conseguiu se desenvolver em Viena, como Viena, na verdade, o arruinou por completo; o gênio da Estíria que se anunciava nele trinta anos atrás, pensei agora, logo logo definhou, primeiro golpearam-lhe na cabeça e, depois, ele definhou, como milhares e milhares de gênios antes dele, sobretudo gênios musicais. Viena o atrofiou fazendo dele o chamado *sucessor de Webern*, e cuidou para que permanecesse para sempre o *sucessor de Webern*. E Joana sonhou a vida inteira com uma carreira de bailarina na Ópera, e, por fim, de celebrada atriz do Burg, o que almejava tornar-se; e, a vida toda, não foi mais que uma diletante do balé e do teatro, permaneceu uma terapeuta do movimento, por assim dizer, que dava aulas particulares. Já faz vinte e cinco anos, pensei, que escrevi pequenas peças de teatro para ela, as quais Joana representava para mim nas tardes e noites em sua torre na Simmeringer Hauptstraße, peças que, por assim dizer, registrávamos para a posteridade num gravador. Dezenas de peças de duas personagens, nas quais ela tentava provar como era grande seu talento, e eu pretendia pôr à prova o meu, tanto meu talento teatral como meu talento como escritor. Essas peças se perderam, não possuíam nenhum valor literário, mas mantiveram-nos vivos por anos, a Joana e a mim, como pensei agora na poltrona de orelhas. De minha casa, no 18º Distrito, fui durante anos à tarde, dia sim, dia não, ou a cada dois dias, até a Simmeringer Hauptstraße; pegava o 71, passava na loja de bebidas Dittrich, defronte da torre de Joana, para comprar três ou quatro garrafas de dois litros do vinho branco mais barato, entrava na torre e subia de elevador até o apartamento de Joana, no décimo primeiro andar. Munidos, na prática, das garrafas de vinho branco, bebíamos e nos exercitávamos na *arte dramática total*, na arte da representação e na dramaturgia, até a completa exaustão. Quando já não conseguíamos atuar, simplesmente púnhamos para tocar as fitas que tínhamos acabado de gravar e nos embebedávamos delas até tarde da noite, até amanhecer. Minha relação com Joana desempenhou papel muito importante em meu próprio desenvolvimento, pensei ali na poltrona de orelhas, foi ela quem, afinal, me levou de volta ao teatro, do qual eu não queria mais saber depois de concluída a Academia; saí da Academia, pensei agora, levando meu diploma e, já ao descer as escadas, pensava comigo que tinha agora concluído os estudos de teatro, mas que, pelo resto da vida, não queria ter mais nada a ver com ele. E, de fato, não tive mesmo mais nada a ver com o teatro durante anos, até conhecer Joana por intermédio do Auersberger. Tão logo a conheci, tive a ideia de escrever peças curtas para ela, isto é, pequenos esquetes dramáticos, por assim dizer, porque Joana tinha a voz apropriada para tanto. Não foi sua *aparência* que me atraiu, e sim o modo como ela *falava*. E, com efeito, foi conhecer Joana e, por fim, tornar--me amigo dela que, por fim e muito simplesmente, me pôs de novo em contato com a arte e com o artístico de modo geral, e isso depois de longa aversão por ambas as coisas. Ela, e tudo nela, para mim era teatro, e seu marido pintava, o que me fascinou, me atraiu desde o começo, pensei ali na poltrona de orelhas. Circunstâncias propícias provavelmente teriam logrado fazer dela uma grande artista, bailarina ou atriz, uma das maiores, pensei comigo na poltrona de orelhas, se ela não tivesse topado com seu Fritz artístico, com o pintor e posterior tapeceirista, isto é, se não tivesse desmoronado diante dos primeiros obstáculos mais difíceis. Por outro lado, suas colegas do Max Reinhardt Seminar que de fato se tornaram atrizes famosas do Teatro de Josefstadt ou do Burgtheater não conseguiram ser mais que figuras teatrais mais ou menos ridículas e, a rigor, absolutamente inúteis, que uma vez por ano fazem um Shakespeare, um Nestroy, um Grillparzer e que, com certeza, são mil vezes mais burras do que Joana foi a vida toda. Embora tenha sido planejado em honra do ator do Burg, disse agora a mim mesmo, no fundo esse *jantar artístico* nada mais é que uma espécie de réquiem para Joana; o odor do enterro vespertino em Kilb impregnou de repente a Gentzgasse, o cheiro do cemitério de Kilb tomou conta do apartamento do casal Auersberger. A rigor, esse chamado *jantar artístico* nada mais é que um banquete fúnebre, pensei, e, logo a seguir, pensei também que, de todos os presentes à ceia, apenas o aguardado ator do Burg, como sei, *não* conhecia Joana. O *jantar artístico* já estava combinado antes de Joana se matar, tinha sido, portanto, tratado sobretudo com o ator, o ator do Burg, uma celebração atrasada da estreia de *O pato selvagem* no Akademietheater,[*] como o casal Auersberger havia dito duas ou três vezes. A morte dela atrapalhou os planos dos Auersberger. Disseram aos convidados que o jantar era

---

[*] Sala menor (quinhentos lugares) vinculada desde 1922 ao Burgtheater vienense (1175 lugares).

para o ator, o ator do Burg, e depois acrescentaram, sem o dizer de fato: e para Joana. O ator tem certeza de que o *jantar artístico* acontece em sua homenagem, e isso basta ao casal Auersberger, que, no entanto, promove seu *jantar artístico* mais ainda em homenagem a Joana, porque ele acontece no dia do enterro dela, pensei sentado na poltrona de orelhas. De resto, lembrei-me agora de que eu próprio quis, ontem, dar uma lida em *O pato selvagem*, a fim de estar à altura do ator, e imaginei que bastaria apanhar *O pato selvagem* na estante, o que se revelou um erro; eu nem tenho *O pato selvagem*, embora estivesse certo de possuir um exemplar, porque claro que tinha *O pato selvagem*, pensei comigo ao abrir a estante para apanhar *O pato selvagem*; li *O pato selvagem* várias vezes na vida, pensei, lembro-me muito bem das edições, mas na verdade não tenho o livro e quis, então, como a escritora Jeannie, ir comprá-lo na cidade, só que não o encontrei. Lembrei-me, contudo, na poltrona de orelhas, de que *O pato selvagem* tem um *velho Ekdal* e de que este tem um filho, o *jovem Ekdal*, portanto, que é fotógrafo. E de que o primeiro ato da peça se passa na casa de um certo cônsul Werle. O ateliê de Ekdal, o sótão, disse a mim mesmo, fui aos poucos me lembrando da peça e não a procurei mais. Que valor pode ter esse *O pato selvagem, se a peça é encenada no Burgtheater*, pensei ali na poltrona de orelhas, e tornei a pensar na Zur Eisernen Hand, para onde fui em companhia da merceeira de Kilb, toda vestida de preto, logo após minha chegada à cidadezinha. Tinha apenas passado na mercearia para avisar da minha chegada, e a merceeira vestiu um casaco preto e foi comigo à Zur Eisernen Hand, o posto de comando, por assim dizer, no tocante ao enterro de Joana. Na Zur Eisernen Hand, assim como a merceeira, pedi um gulache pequeno e, com ela, pus-me a esperar pelo companheiro de Joana. Ele chegou por volta das onze e meia e sentou-se à nossa mesa. Vestidas de preto, as pessoas parecem ainda mais pálidas que de costume, e o companheiro de Joana (a merceeira, de resto, chamou-a o tempo todo tão somente de *Elfriede*) exibia de fato um rosto tão pálido que parecia prestes a vomitar a qualquer momento. Na verdade, ao sentar-se à mesa, ele sentia mesmo vontade de vomitar, porque vinha diretamente do necrotério, ao lado da igreja, onde, conforme contou, ficara profundamente chocado com tudo que vira, tivera de *suportar* a visão de *Joana enfiada num saco plástico*; o agente funerário, como de costume o principal carpinteiro local, não tendo recebido pela manhã ordens expressas relativas ao tipo de funeral até a chegada do companheiro, optara pelo mais barato e simplesmente enfiara o corpo num saco plástico e o depositara numa tábua sobre cavaletes no necrotério da igreja de Kilb. O companheiro, conforme disse na Zur Eisernen Hand, passara mal ao ver o saco plástico e incumbira o sacristão de vestir uma mortalha no corpo e de colocá-lo num caixão de faia, o que, nesse meio-tempo, ele próprio o havia ajudado a fazer. Enquanto, como nós, comia um gulache, ele se disse incapaz de descrever o procedimento, isto é, retirar a Joana do saco plástico e enfiá-la numa mortalha, de tão *horripilante* que havia sido. Por fim, escolhera para Joana o caixão mais caro que o carpinteiro local tinha em estoque. Depois de comer metade de seu gulache, ele saiu para o corredor da hospedaria a fim de lavar as mãos; quando voltou, descobri lágrimas em seus olhos. Joana não tinha mais nenhum parente, ele disse, havia *perdido* todos fazia muito tempo, de forma que tudo quanto dizia respeito ao enterro *recaíra sobre ele*, afirmou. Achara que a merceeira tinha cuidado da Joana morta e de tudo que se seguira ao suicídio, mas a merceeira apenas balançou a cabeça, não tinha podido deixar a mercearia nem por uma hora sequer e acreditara que ele, o companheiro, tinha assumido o comando de tudo, por assim dizer. Enfim, tanto fazia.

O companheiro comeu seu gulache com tanta pressa que já tinha terminado quando eu ainda estava na metade do meu. Havia espirrado gulache na camisa branca engomada, ou, na verdade, no peitilho branco engomado, porque não vestia camisa nenhuma, só um peitilho sobre uma camiseta de lã, conforme constatei, pensei agora na poltrona de orelhas. Esse peitilho engomado manchado de gulache mais ou menos confirmava a impressão de que o companheiro de Joana era uma ruína total, pensei ali na poltrona de orelhas. Depois de comer seu gulache, ele ficou esperando com impaciência que a merceeira e eu terminássemos o nosso, mas era impossível, tanto para a merceeira como para mim, comer mais depressa do que com aquele nosso extremo vagar. No fim, deixei quase metade do meu gulache no prato, ao passo que a merceeira engoliu o seu. Se ninguém se apresenta para assumir a despesa, disse o companheiro de Joana, o corpo é pura e simplesmente enfiado num saco plástico. E, em seguida, contou que o necrotério *fedia* terrivelmente. Pela janela da hospedaria, vi vários carros passando com pessoas que eu conhecia e que, era mais do que evidente, tinham ido a Kilb para o enterro de Joana, seguiam todos na direção do cemitério. Que bom que eu tinha levado meu guarda-chuva inglês, pensei comigo quando começou a chover. A rua escureceu, e mais ainda o refeitório da hospedaria. A escritora Jeannie Billroth passou lá fora com seu séquito, todo ele composto de jovens de menos de vinte anos. De fato, foi *na torre* que vi Joana pela última vez, tinha uma cara inchada e edema nas pernas, também inchadas, disse a mim mesmo na Zur Eisernen Hand, pensei agora na poltrona de orelhas. *Voz de bêbada*, qualquer um teria dito. Acima da cama, uma tapeçaria toda empoeirada do ex-marido lembrava ainda, na época, que um dia ela havia sido feliz com aquele homem. O apartamento estava cheio de roupa suja e fedia. O gravador, postado ao lado da cama em que ela, como pude ver, ficava deitada mais ou menos o dia inteiro, estava quebrado. Havia poeira por toda parte. Pelo chão, dezenas de garrafas vazias de vinho branco, em pé ou tombadas. Quis ouvir a fita da cena breve em que eu representava um rei e Joana, uma princesa — de quatro ou cinco anos antes dessa minha visita-surpresa à torre —, mas foi impossível encontrá-la, e tê-la encontrado tampouco teria sido de alguma utilidade, porque não havia como reproduzi-la no gravador quebrado. *Naturalmente, uma princesa nua*, eu disse a ela, que estava deitada na cama. *E você, um rei nu*, Joana respondeu e quis rir, mas não conseguiu. Em si, minha visita não teve nada de tocante, nada de sentimental; apenas me repugnou, pensei sentado na poltrona de orelhas. Vestígios do companheiro já se podiam identificar, pensei ali na poltrona de orelhas: aqui, um maço de cigarros, ali, uma velha gravata, uma meia suja etc. Eu a decepcionara, ela me disse várias vezes; nem conseguia se sentar na cama, tentou diversas vezes, mas logo tombava de novo. *Decepcionou, decepcionou*, dizia sem parar. Nos últimos anos, tinha vivido da venda dos tapetes, isto é, das tapeçarias que Fritz, seu marido, lhe deixara. De resto, nunca mais tivera notícias de seu Fritz. E tampouco dos outros — ela se referia à *gente toda da arte* —, nunca mais ouvira falar, *nenhuma notícia de nenhum deles*. Pediu-me que descesse até o Dittrich para comprar duas garrafas de dois litros de vinho branco. *Vá*, disse ela, como fazia antes. *Vá! Vá!* Ordenou-me que descesse, e eu obedeci àquela ordem, como fazia vinte, vinte e cinco anos antes. De volta do Dittrich, pus as duas garrafas de dois litros ao lado da cama e me despedi. Não teria sentido trocar mais nenhuma palavra com ela, disse a mim mesmo na poltrona de orelhas. Pensei comigo que ela estava no fim. Mas viveu ainda muitos anos, e isso era o que agora mais me espantava. Quando fiquei sabendo da morte de Joana, achei que ela já estava morta fazia tempo, isto é, há muitos anos, essa é que é a verdade. Como fazia tantos anos que não tinha nenhuma notícia dela nem a via, eu simplesmente a esqueci por completo, pensei agora na poltrona de orelhas. A gente se relaciona tão intimamente com certas pessoas que acredita tratar-se de um vínculo para a vida toda, mas, de repente, da noite para o dia, as perdemos de vista e na lembrança, essa é que é a verdade, pensei ali na poltrona de orelhas. Atores têm o costume de só jantar por volta da meia-noite, disse a mim mesmo na poltrona de orelhas dos Auersberger, e, muitas vezes, *depois* da meia-noite, e quem quer estar com eles tem de pagar esse preço terrível. Quando vamos jantar com eles num restaurante, a sopa é servida no mínimo às onze e meia, e o café só bebemos por volta da uma e meia. *O pato selvagem* é uma peça relativamente curta, disse a mim mesmo, mas, de todo modo, do Akademietheater à Gentzgasse leva pelo menos meia hora, e se o espetáculo termina às dez e meia, os atores precisam ainda de no mínimo mais meia hora para remover a maquiagem, depois de, no final da peça, obrigatoriamente se curvar para receber os aplausos — e, com o grande sucesso que, pelo que ouvi, estão fazendo com *O pato selvagem*, uma salva de palmas bastante longa; portanto, o ator em cuja homenagem acontece esse *jantar artístico* não tem como chegar à Gentzgasse antes da meia-noite e meia. O convite do casal Auersberger havia sido para as dez e meia, e isso é uma indecência, disse a mim mesmo na poltrona de orelhas, porque o casal Auersberger tinha de saber que *O pato selvagem* vai até as onze e que seu Ekdal não tem como estar na Gentzgasse antes da meia-noite e meia. Se eu tivesse pensado bem na hora marcada para o início desse *jantar artístico*, com certeza não teria vindo à Gentzgasse, pensei. Tudo que fiz foi ir procurar uma gravata no Graben, que naturalmente não encontrei, pensei comigo, e topei com os Auersberger no mais desfavorável dos momentos. É como se o tempo tivesse parado, pensei diante do fato de que todos os convidados para esse *jantar artístico* na Gentzgasse são precisamente aqueles amigos mais próximos e íntimos do casal Auersberger que já eram os mais próximos e íntimos há trinta anos, isto é, nos anos cinquenta, e todos esses amigos, como se verificava agora, até hoje nunca interromperam nem uma única vez sua amizade com o casal Auersberger, mantiveram, como se diz, essa sua amizade com os Auersberger durante todos os vinte ou mesmo trinta anos em que não tive mais contato nenhum com o casal. Vi-me de súbito como um apóstata, um traidor, um traidor dos Auersberger e de tudo que, para mim, tem a ver com eles, pensei, e os próprios Auersberger, assim como seus convidados, eram dessa mesma opinião, pensei. Isso, contudo, não me incomodava, ao contrário, porque mesmo agora, sentado no apartamento deles na poltrona de orelhas, o casal Auersberger me era profundamente repugnante, tanto quanto seus convidados; sim, eu os odiava a todos, eram em tudo neste mundo o *contrário* de mim, e eu sentia agora, sentado no apartamento dos Auersberger e procurando mais ou menos superar aquela situação anestesiado por duas ou três taças de champanhe, que minha repulsa por eles, afinal, sempre havia sido ódio, ódio a tudo que lhes dizia respeito. Cultivamos a mais estreita amizade com as pessoas, chegamos mesmo a acreditar que para sempre e, um dia, essas pessoas que estimamos, admiramos e por fim até amamos acima de todas as outras nos decepcionam, e nós as detestamos, as odiamos, não queremos ter mais nada a ver com elas, pensei ali na poltrona de orelhas; e como não queremos persegui-las a vida toda com nosso ódio, como antes fizemos com nossa afeição e nosso amor, muito simplesmente as riscamos da lembrança. De fato, consegui me afastar por mais de duas décadas do casal Auersberger, sem jamais incorrer no risco de topar com eles, e foi graças a uma estratégia muito bem pensada e desenvolvida por mim que nunca mais encontrei *esses monstros*, como precisei designá-los, ou seja, não foi por acaso que escapei deles por mais de vinte anos, pensei ali na poltrona de orelhas; o suicídio de Joana, e somente ele, é o culpado por, de repente, e absolutamente de supetão, eu ter encontrado o casal Auersberger no Graben. O convite abrupto que me fizeram para seu jantar *em honra do artista de O pato selvagem*, minha aceitação igualmente abrupta desse convite — um clássico curto-circuito, pensei. Afinal, embora tenha aceitado o convite, não precisava comparecer, até porque nunca fui melindroso no não cumprimento de visitas prometidas, pensei. Com efeito, refleti o tempo todo entre o convite para esse *jantar artístico* e o dia de sua realização sobre se deveria ir de fato à casa dos Auersberger; ora pensava comigo "eu vou à casa dos Auersberger", ora pensava "não vou aos Auersberger", ora dizia a mim mesmo "vou", ora "não vou", vou, não vou, o tempo todo esse jogo com as palavras esteve em minha cabeça, quase a me enlouquecer, e mesmo à noitinha, ou seja, pouco antes de me dirigir para a Gentzgasse, ainda não tinha certeza se iria de fato à Gentzgasse. Se os Auersberger o enojam tanto quanto antes, como você pôde constatar de novo no enterro em Kilb — pensei pouco antes de enfim me decidir a ir até lá —, é claro que você *não* vai, o casal Auersberger é gente nojenta, *eles* traíram você, não foi você que os traiu, pensava o tempo todo enquanto, no banheiro, procurava me revigorar deixando escorrer água gelada da torneira da pia sobre meu pulso, e, em dado momento, enfiei o rosto sob a água que jorrava, a fim de refrescá-lo; sempre que possível, o casal Auersberger falou mal de você nesses vinte anos, degradou você, falseou tudo que lhe dizia respeito, mais ou menos assassinou repetidas vezes, a cada oportunidade, sua reputação, pensei, contou histórias a seu respeito que não são verdadeiras, esparramou mentiras, mentiras vis, cada vez mais mentiras, como você sabe, centenas, milhares de mentiras ao longo desses vinte anos: que *você* se aproveitou deles em Maria Zaal, e não eles de você; que *você* é o indecente, e não eles; que *você* os difamou, e não eles a você; que *você* é o traidor, e não eles etc. Tudo entrou na minha conta contrária a uma visita aos Auersberger, nada falava em favor de uma tal visita depois de vinte anos sem nenhum contato, e, não obstante, por fim, cheio de repugnância e mesmo de ódio, tomei de fato a decisão de ir até lá, enfiei-me em meu casaco e fui à Gentzgasse. Embora não quisesse ir à Gentzgasse de jeito nenhum, eu fui, disse a mim mesmo na poltrona de orelhas; tudo pesava contra essa visita, contra esse *jantar artístico* ridículo, mas eu fui; *ainda a caminho da Gentzgasse dizia sem cessar a mim mesmo: sou contra essa visita à Gentzgasse, sou contra os Auersberger, sou contra toda essa gente que vai participar do jantar, odeio todos, odeio todos eles, mas segui adiante pela Gentzgasse e, por fim, toquei a campainha dos Auersberger.* Tudo era contra meu comparecimento à Gentzgasse, e, no entanto, compareci à Gentzgasse, disse a mim mesmo na poltrona de orelhas. E tornei a pensar que teria sido bem melhor ler meu Gógol e meu Pascal e meu Montaigne, ou tocar Schönberg ou Satie, ou mesmo, muito simplesmente, caminhar pelas ruas de Viena. E, de fato, os Auersberger ficaram ainda mais surpresos do que eu com meu comparecimento à Gentzgasse, pensei, vi isso pelo modo como a Auersberger me recebeu, e, mais ainda, seu marido. Você não deveria ter vindo à Gentzgasse, disse a mim mesmo já diante da Auersberger, um ato de insanidade, disse a mim mesmo ao estender a mão ao Auersberger, que não a apertou, não sei dizer se por embriaguez e/ou infâmia das mais vis, pensei agora na poltrona de orelhas. Talvez tivessem me convidado no Graben na crença de que eu não iria de jeito nenhum à Gentzgasse, pensei ali na poltrona de orelhas; talvez nem eles próprios soubessem por que efetivamente tinham me convidado para o jantar, que de pronto, no Graben, chamaram de *jantar artístico*, uma designação fatal, que os tornava ridículos a meus olhos, pensei. Mas os Auersberger poderiam não ter me abordado no Graben, pensei, poderiam, afinal, ter me ignorado, como me ignoraram durante décadas, e como também eu os ignorei por décadas, pensei ali na poltrona de orelhas. Joana é a culpada por esse convite, pensei, foi ela quem provocou esse curto-circuito, a morta carrega essa fatalidade repugnante na consciência, pensei comigo, e pensei ao mesmo tempo como era absurdo esse pensamento, que, no entanto, segui pensando sem cessar, volta e meia pensava esse pensamento absurdo, isto é, que Joana, morta, era a culpada pelo *curto-circuito no Graben* que, em última instância e contra tudo que há em mim, me fez ir à Gentzgasse, a esse *jantar artístico*. Graças à morte de Joana, no momento em que me viu no Graben, o casal Auersberger simplesmente apagou os vinte anos sem contato nenhum e fez o convite, que eu, então, pelo mesmo motivo, aceitei. E, ainda por cima, o casal Auersberger disse também que se tratava de convite para *celebrar o triunfo do ator do Burg em O pato selvagem*, foi o que disseram os Auersberger no Graben, e eu aceitei o convite. Nos últimos dez ou quinze anos, jamais aceitei convite para um jantar a que um ator tivesse sido convidado, pensei sentado na poltrona de orelhas, nunca fui a lugar nenhum aonde tenha ido um ator também, e, de repente, dizem que um ator, e um ator do Burg, vai a um jantar, e ainda por cima a um jantar no apartamento dos Auersberger na Gentzgasse, e eu vou. Não tinha sentido agora levar as mãos à cabeça. Na verdade, não escondo minha repugnância por toda essa gente, inclusive pelos Auersberger, disse a mim mesmo na poltrona de orelhas; pelo contrário, todos sentem que os abomino, que os odeio. Veem que os odeio, ouvem também. Por outro lado, tinha ao mesmo tempo a impressão de que todas essas pessoas eram contra mim; em tudo que via nelas e em tudo que ouvia delas havia aversão a minha pessoa, e com certeza até mesmo ódio. Os Auersberger me odiavam, tinham compreendido que eu, convidado precipitadamente, era a mácula desse jantar e temiam apenas o momento em que, chegado o ator, convocariam todos à mesa, para dar início ao jantar. Viam que sou seu observador, a pessoa repugnante que se acomodou na poltrona de orelhas e, protegida pela penumbra do vestíbulo, leva a cabo seu joguinho nojento e mais ou menos *decompõe*, como se diz, os convidados deles. Jamais gostaram disso em mim, do fato de eu sempre, a toda e qualquer oportunidade, os decompor, e, na verdade, sem nenhum escrúpulo, mas sempre tive uma atenuante: analisava muito mais a mim mesmo, não me poupava nunca, decompunha-me à menor oportunidade *em todos os meus componentes*, como diriam eles, disse a mim mesmo na poltrona de orelhas, com a mesma sem-cerimônia, a mesma vileza, o mesmo proceder inescrupuloso. No fim, sempre restava de mim muito menos do que deles, disse a mim mesmo. Tinha um consolo: não era o *único* a amaldiçoar o fato de ter ido à Gentzgasse, de ter cometido essa imbecilidade, incorrido nessa falta de caráter; também o casal Auersberger, por seu lado, *se* amaldiçoava por ter me convidado. Mas agora estava ali, não havia mais o que fazer. Trinta anos atrás, entrava e saía com eles desse apartamento como se fosse minha própria casa, pensei sentado ali na poltrona de orelhas e observando os acontecimentos na sala de música, no momento tão bem iluminada que nada podia me escapar, ao passo que eu próprio, por outro lado, permanecia o tempo todo no escuro, ou seja, justamente na posição que me era ainda, sem dúvida, a mais favorável nessa situação enojante; os convidados presentes ao *jantar artístico*, eu os conhecia tão bem quanto o casal Auersberger praticamente há décadas, à exceção dos jovens, sobretudo dos dois escritores, que, contudo, não me interessavam; não os conhecia nem tinha nenhum motivo para me ocupar deles, a não ser observando-os, não sentia a menor necessidade de me levantar e ir até eles para conversarmos, de iniciar uma conversa, uma discussão, estava provavelmente cansado demais para tanto, uma vez que as tribulações do enterro tinham me exaurido por completo, tudo aquilo pelo qual precisara passar em Kilb relacionado a Joana, os horrores sobretudo *depois* do enterro, pensei, tão inacreditáveis que só pouco a pouco terei condições de compreendê-los; ainda não tinha na cabeça a clareza necessária para essa compreensão e pensei que precisaria, antes de mais nada, de uma boa noite de sono para alcançá-la; já na poltrona de orelhas pensei em, uma vez em casa, ir logo me deitar e não me levantar mais o dia todo, nem mesmo à noite, talvez nem mesmo amanhã, nem de dia nem de noite, de tão exausto, de tão *acabado* que estava agora na poltrona de orelhas. Acreditamos que temos vinte anos e agimos de acordo com isso, quando, na realidade, temos mais de cinquenta e estamos completamente esgotados, pensei, tratamos a nós mesmos como se tivéssemos vinte anos e nos arruinamos, e tratamos com os outros da mesma forma, como se tivéssemos vinte, mas temos cinquenta e, na realidade, não aguentamos mais nada, esquecemos inclusive que sofremos de uma doença, de várias, de muitas doenças, *doenças fatais*, como se diz, com as quais temos de existir por tanto tempo, o que, no entanto, ignoramos, a maior parte do tempo nem acreditamos ser verdade, ao passo que a doença está ali o tempo todo e, um dia, nos mata; sim, tratamos a nós mesmos como se ainda tivéssemos a energia que tínhamos trinta anos atrás, mas não temos nem mesmo uma fração dessa energia de trinta anos atrás, não temos mais nada dessa energia, pensei agora na poltrona de orelhas. Trinta anos atrás não me fazia a menor diferença passar duas, três noites em claro, bebendo quase sem parar, fosse o que fosse, funcionando como uma *máquina de entretenimento*, fazendo o bobo da corte vinte e quatro horas por dia, como se diz, durante várias noites e diante de todo tipo de gente, eram todos amigos, e isso sem me impingir dano algum; de fato, passei muitos anos, lembro-me agora, voltando para casa só lá pelas três ou quatro da madrugada, isto é, indo para a cama com o canto dos pássaros, sem que isso me prejudicasse em nada. Passei anos a fio indo ao Apostelkeller e a todo e qualquer porão do centro da cidade por volta das onze da noite, e de lá não saía antes das três ou quatro da madrugada, noites nas quais me acabava por completo, como se diz, inteiramente, portanto, e com aquela desconsideração extrema que me era então peculiar e que, como penso hoje, não me prejudicou em nada na época. E justamente com Joana passei tantas noites conversando e bebendo que nem sou capaz de contá-las, pensei agora na poltrona de orelhas. Na verdade, não tinha dinheiro nenhum, não tinha nada, e, no entanto, durante anos passei noites a fio batendo papo e bebendo ao extremo, me acabando de tanto falar e dançar, posso dizer, e precisamente com Joana, o marido dela, com Jeannie Billroth e, sobretudo, volta e meia com o casal Auersberger. Naquela época, dispunha de toda a energia que um jovem pode ter e, sem nenhum escrúpulo, me deixava sustentar por quem quer que fosse que tivesse algum dinheiro, pensei ali na poltrona de orelhas. Não tinha um tostão, mas me permitia tudo, pensei ali na poltrona de orelhas, enquanto observava os convidados na sala de música. E tantos foram os anos em que, tenho de dizer, ia todo dia, já no finzinho da tarde, até a casa de Joana na Simmeringer Hauptstraße, passando antes no Dittrich para apanhar as garrafas de vinho, e ficava lá com ela até amanhecer; depois, pegava o 71 de volta para a cidade, ou simplesmente voltava a pé pela Simmeringer Hauptstraße, descia a Rennweg e atravessava a Schwarzenbergplatz a caminho de Währing. Bons tempos aqueles, pensei agora na poltrona de orelhas, em que se viam as carroças paradas diante das leiterias de madrugada, e eu podia caminhar pelo meio da Rennweg, atravessar a Schwarzenbergplatz e seguir pelo Ring, totalmente vazio, até em casa, sem precisar ter medo de ser atropelado. Se topava com alguém nessas ocasiões, era apenas com alguém como eu, ou seja, outro bêbado, e um automóvel cruzando a cidade de madrugada era uma raridade. Nunca mais em minha vida cantei tantas árias italianas quanto naquela época, no caminho da Simmeringer Hauptstraße até Währing, seguindo pela Rennweg e atravessando a Schwarzenbergplatz, pensei ali na poltrona de orelhas. Naquele tempo, tinha a energia para caminhar *e* cantar, pensei ali na poltrona de orelhas; hoje, não tenho mais a energia necessária sequer *para caminhar e falar*, essa é a diferença. Trinta anos faz que, sem mais, eu caminhava cerca de quinze quilômetros até em casa no meio da noite, pensei ali na poltrona de orelhas, *cantando, dando livre vazão à embriaguez em meu entusiasmo de outrora por Mozart e Verdi*. Trinta anos faz desde os tempos em que, dessa forma, pensei ali na poltrona de orelhas, eu percorria a história da ópera, trinta anos. Na verdade, sem Joana, pensei agora na poltrona de orelhas, eu teria tomado outro caminho, teria possivelmente tomado o caminho inverso se, voltando ainda mais no tempo, não tivesse conhecido o Auersberger. Sim, porque conhecer o Auersberger significou, no fundo, a guinada rumo ao artístico, do qual, após a conclusão do Mozarteum, já me afastara por completo e para sempre, como acreditava então; naquela época, terminado o Mozarteum, eu de repente não queria ter mais nada a ver com o artístico, decidira-me pelo contrário daquilo a que chamo *artístico*, ao passo que o encontro com o Auersberger, como tornei a pensar agora na poltrona de orelhas, provocou nova reviravolta total em mim. E mais ainda o encontro com Joana, essa personificação da arte, pensei. Pelo *artístico*, e não pela arte, sempre e apenas pelo *artístico*, decidi-me na época, trinta e cinco anos atrás, e em definitivo, pensei ali na poltrona de orelhas; e isso *embora nem soubesse o que é isto, o artístico*, mas me decidira *pelo artístico*, ainda que não soubesse por que tipo desse artístico. Decidira-me simplesmente pelo Auersberger, por aquele Auersberger de outrora, de trinta e cinco, trinta e quatro, trinta e três anos atrás, o *Auersberger artístico*. E por Joana, a *Joana artística* de cima a baixo. E por Viena. E pelo mundo artístico, pensei ali na poltrona de orelhas. Ao Auersberger devo minha guinada rumo ao mundo artístico, pensei agora na poltrona de orelhas, e a Joana, e a tudo que, naquela época, há trinta e cinco, trinta e dois anos atrás, tinha a ver com o Auersberger e com a Joana, essa é que é a verdade, pensei ali na poltrona de orelhas. Várias vezes disse e repeti *o mundo artístico*, e também *a vida artística*, e, na verdade, o fiz em voz alta, de uma forma que as pessoas na sala de música não tinham como não ouvir, e, aliás, ouviram, porque de súbito olhavam todas para mim, da sala de música em direção ao vestíbulo, sem conseguir me ver de fato; olharam porque tinham me ouvido dizer *a vida artística* e *o mundo artístico*, e repetir as mesmas palavras diversas vezes, e me pus a pensar o que esses conceitos significavam para mim na época, *mundo artístico* e *vida artística*, e o que, no fundo, significam ainda hoje, isto é, mais ou menos *tudo*, pensei agora na poltrona de orelhas, e que mau gosto dos Auersberger, afinal, chamar seu jantar, ou melhor, sua ceia, como se diz em Viena, de um *jantar artístico*. Como são decadentes os Auersberger, pensei comigo na poltrona de orelhas, os Auersberger que, a meus olhos, já há muito tempo, há décadas, faliram artística e, de modo geral, intelectualmente também, falidos, na verdade, até na alma. Mas todas essas pessoas na sala de música, quando eu disse *mundo artístico* e *vida artística*, me ouviram como se, tal qual o casal Auersberger, eu tivesse dito *jantar artístico*; a não ser pelo volume da minha voz ao dizer *mundo artístico* e *vida artística*, nada lhes chamou a atenção, não perceberam o significado que tinham para mim essa *vida artística* e esse *mundo artístico*, quando pronunciei essas palavras. Afinal, todas essas pessoas na verdade já foram artistas um dia, ou pelo menos *talentos artísticos*, pensei agora na poltrona de orelhas, mas hoje nada mais são que uma *corja artística*, que nada mais tem em comum com a arte e, portanto, com o artístico, assim como o jantar do casal Auersberger. Todas essas pessoas, que um dia de fato já foram artistas ou pelo menos artísticas, pensei agora na poltrona de orelhas, hoje não passam de restos, sobras do que já foram; a mim, me basta ouvir o que dizem, contemplá-las, basta o contato com o que produziram para que sinta a mesma coisa que sinto agora em relação a essa ceia, esse *jantar artístico* de mau gosto. O que foi feito de toda essa gente nesses trinta anos, pensei, o que todas essas pessoas fizeram delas próprias nesses trinta anos. E o que eu próprio fiz de mim mesmo nesses trinta anos, pensei. É deprimente o que cada um fez de si mesmo nesses trinta anos, o que eu fiz de mim mesmo; essas pessoas todas transformaram situações e circunstâncias venturosas do passado em situações e circunstâncias deprimentes, pensei ali na poltrona de orelhas, transformaram tudo em algo absolutamente deprimente, toda a sua fortuna numa única depressão, assim como eu próprio transformei minha própria fortuna apenas e tão somente em depressão. Porque é inegável que todas essas pessoas foram felizes um dia, isto é, no passado, há trinta ou mesmo há vinte anos, eram felizes, e agora não passam de pessoas deprimentes, deprimentes, assim como, em última instância, também eu sou agora não mais que deprimente, em vez de feliz, pensei comigo na poltrona de orelhas. Transformaram uma felicidade única numa catástrofe única, pensei ali na poltrona de orelhas, esperança pura em pura desesperança. Sim, porque, quando olhava para a sala de música, estava olhando verdadeiramente para nada mais que desesperança, pensei ali na poltrona de orelhas, para nada mais que desesperança humana e, por assim dizer, para nada mais que desesperança artística, essa é que é a verdade. Todas essas pessoas chegaram a Viena nos anos cinquenta, ou seja, há trinta, ou mesmo há quarenta anos, na esperança de ser alguma coisa ali, como se diz, e, *na verdade*, não se tornaram nada senão artistas provincianos altamente condecorados, e a questão é se teriam se tornado alguma coisa em outra assim chamada cidade grande, provavelmente *essas pessoas* não teriam dado em nada em parte alguma, pensei. Mas quando penso que não se tornaram nada em Viena, absolutamente nada, tenho consciência de que elas próprias nem sabem que não se tornaram coisa nenhuma, pensei, porque não se comportam como se soubessem que não deram em nada, comportam-se, ao contrário, como se tivessem se tornado alguma coisa em Viena, como se fossem alguma coisa ali, ou seja, pensam que as esperanças depositadas em Viena se cumpriram integralmente, pensei, ou pelo menos acreditam a maior parte do tempo que se tornaram alguma coisa, creem piamente a maior parte do tempo que são alguém, embora não sejam coisa alguma, segundo penso. Acreditam que se tornaram alguma coisa porque fizeram *um nome*, receberam *muitos prêmios*, publicaram muitos livros, venderam suas pinturas para muitos museus, publicaram seus livros nas melhores editoras, têm seus quadros nos melhores museus, ou seja, que se tornaram alguma coisa porque este nosso Estado repugnante lhes conferiu todos os prêmios possíveis e espetou-lhes no peito todas as condecorações possíveis, mas não se tornaram coisa nenhuma, pensei. Todas essas pessoas são, como se diz, *artistas conhecidos e mesmo famosos*, têm assento no chamado Kunstsenat,* autodenominam-se professores e dispõem de todas as cátedras possíveis em nossas academias, são convidados, ora por uma, ora por outra faculdade ou universidade, fazem palestras, ora num, ora noutro simpósio e viajam, ora para Bruxelas, ora para Paris ou Roma, ora para os Estados Unidos da América, ora para o Japão, para a União Soviética ou para a China, lugares para os quais, com o passar do tempo, foram e continuam sendo convidados e onde discursam sobre si mesmos, inauguram exposições de seus quadros e são, segundo penso, nada. O fato é, pura e simplesmente, que nenhum deles chegou *ao topo*, e *só esse topo*, penso, pensei, *traz satisfação*. As composições do Auersberger não falta quem execute, pensei agora na poltrona de orelhas, o *Auersberger, sucessor de Webern, não é desconhecido*, pensei; pelo contrário, a todo momento alguma obra dele é cantada, soprada, dedilhada (disso ele cuida muito bem!), a todo momento executam-no na percussão ou nas cordas, ora na Basileia, ora em Zurique, ora em Londres, ora em Klagenfurt (disso ele cuida muito bem!); aqui um dueto, ali um terceto, aqui um coro de quatro minutos, ali uma ópera de doze, aqui uma cantata de três minutos, ali uma ópera de alguns segundos, aqui um *Lied* de um minuto, ali uma ária de dois ou quatro minutos; ora ele consegue um intérprete inglês, ora um francês, ora um italiano; ora é tocado por um violinista polonês, ora por um português, ora por uma clarinetista chilena,

---

* O "Senado da Arte" é um colegiado fundado em 1954 e formado por ganhadores do Grande Prêmio Nacional Austríaco, distinção máxima que o país concede no terreno das artes, incluindo-se aí arquitetura, artes plásticas, literatura e música.

ora por uma italiana. Tão logo chega a uma cidade, já pensa na próxima, nosso incansável sucessor de Webern, penso, nosso Auersberger viajado e de passinhos rápidos, nosso incansável copiador de Webern e Grafen, esnobe e janota, nosso escritor de música proveniente da Estíria. Assim como Brückner é de uma monumentalidade insuportável, Webern é de uma concisão igualmente insuportável, e cem vezes mais conciso que o conciso Anton von Webern é o Auersberger, a quem, assim como os literatos obtusos caracterizaram Paul Celan como um *poeta quase sem palavras*, por assim dizer, me cumpre caracterizar como um compositor *quase sem notas*. À obra do epígono da Estíria, não falta quem a execute, penso, mas ele estacionou como sucessor de Webern há trinta anos, isto é, já em meados da década de cinquenta; não escreveu nem sequer três notas que sejam dele, penso, e não deu em nada. Às composições do Auersberger falta o Auersberger, penso, sua assim chamada música aforística (assim eu próprio designei, na década de cinquenta, seu copiar como forma de compor!) nada mais é que *imitação insuportável* de Webern, o qual, como sei agora, tampouco foi gênio, mas apenas um súbito momento de fraqueza, ainda que genial, da história da música. Na realidade, penso agora cheio de vergonha de mim mesmo na poltrona de orelhas dos Auersberger, o Auersberger nunca foi gênio, ainda que eu tenha acreditado nisso mais do que em qualquer outra coisa na década de cinquenta, mas tão somente um pobre pequeno-burguês talentoso, que, já nas primeiras semanas em Viena, *jogou fora* seu talento, no verdadeiro sentido da expressão. Viena é uma máquina terrível de aniquilação de gênios, pensei ali na poltrona de orelhas, uma pavorosa instituição destruidora de talentos. Todos esses gênios e talentos aniquilados e mortos que eu agora observava através da fumaça repugnante de seus cigarros chegaram a Viena há trinta, trinta e cinco anos, na esperança de ser alguma coisa, mas, na verdade, foram aniquilados e mortos pela cidade, todos esses gênios e talentos que, todo ano, nascem às centenas, quando não aos milhares, no interior da Áustria. Eles próprios podem pensar que se tornaram alguma coisa, mas não deram em nada, pensei agora na poltrona de orelhas, porque ficaram em Viena e se contentaram com Viena, em vez de, no momento decisivo, partirem para o exterior e, lá fora, tal qual os que partiram, de fato se tornarem alguém; todos que ficaram em Viena não deram em nada, todos que partiram de Viena viraram alguém, isso eu posso afirmar sem nenhum problema. Como Viena lhes bastou, não deram em nada, à diferença daqueles aos quais Viena não bastou e que, no momento decisivo, partiram da cidade para o exterior, pensei ali na poltrona de orelhas. Não quero especular o que teria sido dessas pessoas na sala de música, à espera do ator e, portanto, do *jantar artístico*, se, no momento decisivo, tivessem ido embora de Viena. Um pequeno sucesso, isto é, uma breve resenha favorável no jornal sobre seu romance de estreia, bastou para que a escritora Jeannie Billroth ficasse em Viena; a compra de dois quadros pelos museus estatais bastou para que o pintor Rehmden ficasse em Viena; duas ou três menções elogiosas e idiotas no *Kurier* ou no *Presse* bastaram para que a atriz ficasse em Viena. Na sala de música estão os que ficaram, pensei ali na poltrona de orelhas; só gente que ficou em Viena, já quase sufocada por sua boa vida pequeno-burguesa, seguiu o caixão de Joana no cemitério de Kilb, pensei. Já por essa razão, que impressão deprimente tive do enterro em Kilb, pensei ali na poltrona de orelhas, enquanto observava justamente essa gente; o que me deprimiu em Kilb foi menos o fato de Joana ter sido enterrada, e mais o de seu caixão ter sido acompanhado tão somente por cadáveres artísticos, meros fracassados, os que fracassaram em Viena, cadáveres vivos da arte, escritores, pintores, atores, bailarinos e seus respectivos séquitos, cadáveres em vida, cadáveres vivos, *ainda* vivos, da arte, ademais maltratados e ridicularizados da forma mais deplorável pela chuva que despencava. A visão era menos triste que desagradável, pensei. Aquelas nulidades da arte, medonhas, hipócritas, fracassadas, eu pensava o tempo todo, todas seguindo o caixão, caminhando pesadamente pelo lodaçal do cemitério com sua repugnante postura enlutada, disse a mim mesmo na poltrona de orelhas. O que me revoltou em Kilb foi menos o enterro que a presença daquela gente, vinda de Viena em automóveis extravagantes. Não foi Joana, morta, que me irritou em Kilb, a ponto de eu precisar tomar vários comprimidos para o coração, mas a maneira *como* essa gente da arte, esses simulacros de artistas, se portou ali, pensei, e pensei comigo que também minha própria presença em Kilb provavelmente haveria de ser caracterizada como repugnante, repugnante em todos os aspectos. Já o fato de eu ter vestido o terno preto era repugnante, disse a mim mesmo agora, o modo como comi meu gulache na Zur Eisernen Hand e como falei com o companheiro de Joana na Zur Eisernen Hand; agi como se eu fosse o único que, de fato, era próximo de Joana, como se só eu tivesse algum direito sobre ela. Minhas reflexões sobre o enterro de Joana seguiam trazendo à luz apenas coisas repugnantes (de minha parte); independentemente do que eu pensava a respeito, independentemente do que ordenava, por assim dizer, que a memória resgatasse, tudo era repugnante. Ao sentir os outros como repugnantes, fui, é claro, obrigado a sentir a mim mesmo como repugnante, pensei, e me sentia agora, considerando tudo que se relacionava ao enterro de Joana, tanto mais repugnante. Tinha sido uma coisa repugnante viajar *sozinho* para Kilb, embora, sinceramente, várias *caronas* me tivessem sido oferecidas, pensei; tinha sido uma coisa repugnante conversar com a merceeira, a amiga de Joana, como se *eu* fosse a pessoa mais próxima de Joana, não ter dado a ela tempo para que cuidasse das outras pessoas que haviam ido ao funeral, na medida em que, desde o começo e sem consideração alguma, eu a monopolizei, pensei comigo. Em Kilb, *coroei-me rei do funeral*, disse a mim mesmo, e isso foi repugnante, pensei agora. Desvalorizei o companheiro de Joana, pensei agora, desvalorizei a todos que tinham ido ao enterro, e valorizei a mim mesmo, pensei, isso foi abjeto. Por outro lado, durante o funeral em si, acreditei estar me comportando *corretamente*, não tive consciência de estar incorrendo em alguma falta; só agora, sentado na poltrona de orelhas, adquiri, por assim dizer, a consciência de minha culpa no tocante ao enterro em Kilb. A morte de Joana, seu suicídio, não me fez mais triste em Kilb, pensei agora na poltrona de orelhas; em vez disso, me deixou irritado com os amigos dela, sem que eu conseguisse ter clareza do porquê. Na verdade, o telefonema em que a merceeira me comunicara o suicídio de Joana não me abalou nem um pouco, eu *fingi* ter ficado abalado, pensei agora, mas *não fiquei*; fiquei *curioso, mas não abalado*, *fingi* no telefone ter ficado abalado, mas não fiquei senão curioso e quis de imediato que ela me contasse tudo sobre o suicídio de Joana, com uma falta de consideração sem igual; isso só me abalou agora, sentado na poltrona de orelhas, isto é, que eu não tenha ficado triste, e sim curioso, e que tenha extraído mais da merceeira no telefone do que ela teria gostado de me dizer, porque ela mostrou decência no telefone, decência que me faltou por completo naquele momento. Naturalmente, tantos anos sem contato haviam já afastado Joana de mim de tal maneira que o telefonema da merceeira não tinha como me chocar, como disse, nem como resultar em tristeza imediata de minha parte, somente em curiosidade, e foi esta que logo me fez arrancar da merceeira tudo que se relacionava ao suicídio de Joana. As circunstâncias me interessavam, e não o fato em si. Só depois de terminado o telefonema foi que tomei consciência de todo o seu alcance; de repente, não estava mais curioso, e sim *triste*. Fiquei *triste de fato* e, nessa minha tristeza, fui ao centro da cidade, ao Graben, à Kärntnerstraße, ao Kohlmarkt, à Spiegelgasse e ao Bräunerhof, onde, seguindo um costume de anos, passei os olhos pelo *Corriere*, pelo *Le Monde* e pelo *Zürcher Zeitung*, além do *Frankfurter*, para, então, enojado com a falta de vergonha dos jornais, retornar ao Graben para comprar uma gravata, mas, em vez de comprar a gravata, topei com o casal Auersberger, que, por sua vez, me comunicou o suicídio de Joana. Nesse momento, eu sabia muito mais sobre o suicídio de Joana que o casal Auersberger, mas, diante do casal, fiz que não sabia de nada, absolutamente nada; simulei tamanha ignorância que o casal Auersberger deve ter tido a sensação de que eu estava chocado com o suicídio de Joana, ao passo que *apenas representei* para o casal Auersberger esse suposto choque com o suicídio de Joana, pensei agora na poltrona de orelhas. Eu estivera caminhando para um lado e para outro do centro da cidade, tomado de efetiva tristeza com o suicídio de Joana, e, de repente, fingi um choque desavergonhado com o suicídio de Joana para o casal Auersberger. Como meu estado de choque era fingido, também a aceitação do convite dos Auersberger para seu *jantar artístico* foi uma representação, porque tudo diante dos Auersberger no Graben foi uma representação de minha parte, de tal forma que concluí na poltrona de orelhas: assim como *fingi* o choque com o suicídio de Joana, fingi meu sim a seu *jantar artístico*. Tudo que fiz diante deles foi fingido. Apenas fingi aceitar o convite, pensei agora, e, não obstante, honrei o compromisso; o pensamento é grotesco, pensei comigo, e me diverti com esse pensamento ainda enquanto pensava. A rigor, pensei ali na poltrona de orelhas, tudo que fiz foi fingir para o casal Auersberger, e agora estou sentado em sua poltrona de orelhas e, outra vez, sigo fingindo; na verdade e na realidade, não estou no apartamento deles na Gentzgasse, apenas finjo que estou na Gentzgasse, ou seja, na casa deles, disse a mim mesmo. Diante deles, nunca fiz nada além de fingir, disse a mim mesmo. Diante de todo mundo nunca fiz nada além de fingir o tempo todo, passei a vida toda fingindo e *representando*, disse a mim mesmo na poltrona de orelhas; não vivo uma vida de fato, uma vida real, vivo e existo tão somente uma vida *representada*, sempre tive *apenas e tão somente uma vida representada*, nunca uma vida de fato, uma vida real, disse a mim mesmo, e levei essa ideia tão longe que, por fim, acabei *acreditando* nela. Então, respirei fundo e disse a mim mesmo de uma forma que as pessoas na sala de música só podiam ouvir: *Você viveu apenas uma vida representada, e não uma vida real, teve apenas uma existência representada, e não uma existência real, tudo que diz respeito a você, tudo que você é, é sempre e apenas representação, não existe de fato, não é real*. Mas precisei interromper essa especulação para não enlouquecer, como pensei na poltrona de orelhas, e, de novo, bebi um belo gole de champanhe. Enquanto eu próprio permaneci no champanhe o tempo todo, as pessoas na sala de música, como vi, passaram em dado momento a beber apenas xerez e água pura, porque, ao contrário do Auersberger, não queriam se embebedar desenfreadamente antes da ceia, isto é, antes do chamado *jantar artístico*; *eu*, que não tinha medo nenhum de beber demais, segui bebendo champanhe. Naturalmente, porém, não bebia tão desenfreadamente como o Auersberger, não a ponto de ficar bêbado como ele estava; bebia, mas tão somente um gole a cada dez ou mesmo quinze minutos, essa é que é a verdade; já não tinha vinte anos, e sim cinquenta e dois, do que não me esqueci nessa noite na Gentzgasse. Em Kilb, essa *gente artística* tinha causado uma impressão grotesca, ao menos para mim pareciam todos desfigurados por seus *propósitos* e por sua *atividade artística*; tinham um *andar artificial*, uma *voz artificial*, *tudo* neles era *artificial*, ao passo que, a mim, todo o cemitério de Kilb parecia a coisa mais natural do mundo. Quando se inclinavam para a frente, essas pessoas do mundo da arte inclinavam-se *demais*; quando se levantavam, levantavam-se *cedo demais* (ou tarde demais); quando se sentavam, faziam-no *tarde demais* (ou cedo demais); quando começavam a cantar, começavam *cedo demais* (ou tarde demais); quando tiravam o chapéu da cabeça, tiravam-no *cedo demais* (ou tarde demais); e quando respondiam alguma coisa ao padre, faziam-no *cedo demais* (ou tarde demais). A população de Kilb, por sua vez — que, como se diz, compareceu *em grande número* ao enterro de Joana —, fazia tudo com naturalidade, dizia tudo com naturalidade, cantava com naturalidade, sempre caminhava com naturalidade, levantava-se com naturalidade, sentava-se com naturalidade, e nada disso tarde demais ou cedo demais, sem encurtar nem espichar coisa alguma. E enquanto a gente artística de Viena se vestira para o enterro de forma grotesca e ridícula, a população de Kilb o fizera com absoluta correção, pensei agora na poltrona de orelhas. A população de Kilb combinava com Kilb e com o cemitério de Kilb, a gente artística de Viena não combinava com Kilb nem com o cemitério. O cosmopolitismo dos vienenses presentes ao enterro não combinava com o cemitério de Kilb, pensei comigo enquanto eu próprio acompanhava o longo cortejo fúnebre. Cada um desses enlutados de Viena é um corpo estranho em Kilb, pensei enquanto seguia o caixão, caminhando entre a merceeira e o infeliz companheiro de Joana, que, durante todo o trajeto desde a igreja até o cemitério, com certeza uns dois quilômetros, tossiu tanto que era como se estivesse doente dos pulmões. O fato de que o companheiro de

Joana a meu lado pudesse estar doente dos pulmões me irritou, e eu prendia a respiração toda vez que ele tossia, a fim de não me contaminar, até que, de súbito, me lembrei de que eu próprio sou doente dos pulmões, provavelmente bem mais doente que o companheiro de Joana, e de repente comecei a tossir mais que o companheiro de Joana a meu lado, o qual, tão logo comecei a tossir, parou de o fazer, agiu como se tivesse entendido que *eu* era doente dos pulmões e que *eu* poderia contaminá-lo, tanto assim que, tão logo eu agora começava a tossir, ele protegia o nariz com um lenço de papel e voltava o rosto para o outro lado. A merceeira vestia uma ampla capa de chuva cinza, a peça de roupa mais sensata que vi no enterro, pensei ali na poltrona de orelhas. Mas todas as pessoas de Kilb trajavam roupas sensatas, só a gente de Viena é que não, toda ela molhou-se inteira, os que tinham vindo de casaco de pele, porque acreditavam que estaria muito frio, ao passo que, em vez disso, estava bem quente, fizeram papel grotesco e ridículo, e não apenas por seus casacos triunfantes, mas também por causa da chuva, que os lambuzou a todos, porque um molho imundo logo recobriu os casacos e começou a escorrer pelo corpo deles. Seus guarda-chuvas abertos logo viraram do avesso, se quebraram, tornaram-se inúteis, colhidos por uma rajada de vento que soprou das montanhas em direção aos túmulos assim que o cortejo chegou ao cemitério. Como sempre em ocasiões como essa, pensei agora na poltrona de orelhas, um padre fez um discurso atroz. E, no entanto, os tempos mudaram, pensei diante da cova aberta, pensei comigo na poltrona de orelhas, *pelo menos um padre fez um discurso* em homenagem a Joana: há dez ou doze anos, nem um único padre num cemitério austríaco teria feito um discurso em homenagem a uma suicida diante da cova aberta. Foi um discurso primitivo, como todos que ouvi até hoje à beira de uma cova; a voz desagradável do padre, que aparentemente sofria de alguma lesão na faringe, era tão aguda que me doía nos ouvidos. Mas infelizmente podia-se ainda compreender seu discurso, e ele continha todas as mentiras e hipocrisias que a Igreja católica tem a oferecer nessas ocasiões. No final, o padre disse que, quando criança, frequentara a escola de Kilb com Joana e que se lembrava com prazer da *mocinha simpática de Kilb*. O período vienense de Joana, ele o caracterizou com as palavras *o pântano da metrópole*. Tinha o rosto dos pequenos empregados das cidadezinhas, não era o rosto típico de um camponês; quando entramos no armazém de uma cidadezinha da zona rural e pedimos um martelo ou uma enxada, botas de borracha ou um esfregão, também deparamos com um rosto desse tipo, pensei agora na poltrona de orelhas, um rosto astucioso, desconfiado, para o qual só ousamos olhar pelo mínimo de tempo possível. Toda essa comitiva artística de Viena, pensei ali na poltrona de orelhas, submeteu-se no cemitério de Kilb a um cerimonial católico que não apenas não dominava mais (ou nunca dominou), como, na verdade, lhe era inteiramente desconhecido, ou assim se tornara com o passar do tempo, e a mesma coisa valia para mim, que não tinha mais nenhuma ligação com esse cerimonial havia décadas e, já por isso, a impressão geral era a de um embuste; os vienenses agiam como se soubessem quando se levantar, quando não, quando rezar, o que cantar, e isso sem ter a menor ideia do que faziam, como eu. Assim, a comitiva artística proveniente de Viena orava tão somente a meia-voz, ou seja, era incompreensível o que dizia, cantava também a meia-voz e de modo ininteligível, sentava-se um segundo mais tarde que os de Kilb, se levantava um segundo mais tarde que os de Kilb, e assim por diante. A comitiva artística de Viena só movia a boca, e produzia, portanto, apenas um efeito teatral, pensei, assim como eu também, o tempo todo, só produzi um efeito teatral no cemitério de Kilb. Ou nem isso, tanto faz. Durante o enterro, eu só pensava em qual era de fato o conteúdo do caixão de Joana, *que aspecto* tinha esse conteúdo. Durante todo o enterro concentrei-me nesse único pensamento, cativava-me, como se diz, esse pensamento repugnante. Levando em conta tudo aquilo que o companheiro de Joana havia contado na Zur Eisernen Hand sobre o que *vivera* no necrotério, ocupei-me de pensamentos absolutamente medonhos durante todo o enterro, dos quais nada era capaz de me afastar, por mais que eu tentasse, uma vez que, na verdade, não queria ter aqueles pensamentos, claro que não, pensei agora na poltrona de orelhas, e pensei também que a sem-cerimônia do companheiro de Joana — que a merceeira chamara sempre de *John* na Zur Eisernen Hand, sem que eu naquele momento compreendesse por quê —, que o relato repugnante que esse John, na qualidade de companheiro de Joana, fizera na Zur Eisernen Hand, depois de haver determinado a chamada transferência do corpo de Joana do saco plástico para o caixão, tinha sido a causa daqueles meus pensamentos acerca do conteúdo do caixão. O companheiro de Joana, John, pensei ali na poltrona de orelhas, não podia ter voltado do necrotério de Kilb e feito aquele relato enquanto comia seu gulache; por outro lado, eu o admirava agora justamente por essa sua sem-cerimônia e pelo assim chamado conteúdo de verdade de suas declarações, e pensei comigo que teria sido impossível, a mim e a toda essa gente artística, ter feito um relato desse traslado com tamanha sem-cerimônia. Já a expressão "saco plástico" me provocara ânsia de vômito, e o companheiro de Joana não deixara nada de fora em sua descrição do procedimento de traslado no necrotério. Precisamente uma pessoa assim, não artística, é que tem condições, pensei comigo, de fazer um relato tão medonho com absoluta sem-cerimônia e sem, na verdade, parecer indecoroso; sim, porque o companheiro de

Joana não tinha sido indecoroso ao dizer o que disse, ao passo que qualquer outra pessoa que tivesse relatado e descrito a mesma coisa teria sido indecorosa; pensei comigo: se eu tivesse feito o mesmo relato do traslado do corpo que o companheiro de Joana, John, tinha feito, teria sido indecoroso e mesmo vil e abjeto. Esse John permaneceu em silêncio durante todo o enterro, ao passo que todos os outros haviam, pelo menos em algum momento, cochichado alguma coisa, pensei. Que fosse o primeiro a se aproximar da cova aberta para, com o auxílio da pá estendida pelo ajudante do padre, lançar um punhado de terra sobre o caixão, isso todos os circunstantes julgaram curioso, embora provavelmente nenhum deles soubesse dizer por quê; afinal, era lógico, uma vez que Fritz, o primeiro marido de Joana, o tapeceirista, não tinha ido ao enterro, e Joana, ao que tudo indicava, de fato não possuía mais nenhum parente. Postado à beira da cova aberta de sua companheira, o companheiro de Joana era uma visão a um só tempo feia e comovente; os que o contemplavam estavam profundamente irritados, e também a mim ele de fato repugnara, embora, de minha parte, eu já me dispusesse a pensar nele como um *bom homem*, um pensamento que naturalmente não exprimi nem mesmo sugeri; *um bom homem*, disse a mim mesmo à beira da cova ao ver ali o companheiro de Joana; não sabia como havia chegado a essa ideia, mas isso não fazia diferença. Ainda à beira da cova aberta, a Auersberger me abordou, perguntando-me se não queria voltar com eles para Viena; recusei de pronto, com aquela desconsideração que, sempre que a emprego, ofende as pessoas, sem exceção. Disse *não*, e nada mais. Depois, boa parte dos que tinham vindo de Viena encontrou-se na Zur Eisernen Hand, numa mesa grande e comprida à qual tive de me sentar, depois de o casal Auersberger, à sua maneira, mais ou menos me obrigar a tanto: diante dos demais, dirigiram-se a mim de tal modo que não tive como não me sentar à sua mesa. Teria preferido ir me sentar à mesa em que estavam o companheiro de Joana, a merceeira e duas ou três pessoas de Kilb, amigas de infância de Joana. Mas, pela maneira *como* me convidou a ir me sentar à sua mesa, o casal Auersberger me obrigou a fazer algo que durante todo o enterro eu temera que viesse a acontecer, isto é, obrigou-me a estar com eles, ainda que por pouquíssimo tempo, *já em Kilb*, sendo que eu estava convidado para seu *jantar artístico* na Gentzgasse à noite. Comportei-me como se o luto pelo suicídio de Joana me houvesse emudecido e não disse uma palavra enquanto, depois do enterro, os Auersberger e os demais comiam o mesmo gulache que eu havia comido antes. Pedi uma salsicha no vinagre com muita cebola e, de nervoso, comi dois pãezinhos, o que nunca tinha feito antes. Os Auersberger não paravam de falar de seu *jantar artístico*, para o qual tinham convidado o ator, o ator do Burg, e volta e meia repetiam como haviam gostado da atuação desse *ator trágico* (nas palavras que a Auersberger dizia a todo momento) em *O pato selvagem*. O tempo todo ela queria dizer *que papel* o ator interpretava com tanto sucesso em *O pato selvagem*, mas foi incapaz de o fazer até que *eu* dissesse *Ekdal*, ao que ela, num acesso de histeria, se pôs a gritar a palavra "Ekdal" para todo o refeitório da hospedaria; foi embaraçoso, ela não parava de gritar *Ekdal, Ekdal, isso mesmo, Ekdal*, até que o Auersberger lhe disse que ficasse quieta. Baixinho e barrigudo, o Auersberger naturalmente estava bêbado como sempre, já havia participado do enterro em estado de embriaguez, pensei agora na poltrona de orelhas, está quase sempre bêbado, desde que o conheci, é um milagre que ainda esteja vivo; duas vezes por ano, interna-se na clínica de desintoxicação de Kalksburg, pensei, e aparentemente é quanto basta para mantê-lo vivo. Tinha a mesma cara inchada de vinte anos atrás, quase sem rugas, o típico rosto gelatinoso e cinza, os olhos azuis e vítreos de sempre, pensei. *Ekdal, Ekdal*, a Auersberger gritou várias vezes; ninguém no salão da Zur Eisernen Hand sabia o que aquele grito significava. Como ela me enojasse com aqueles gritos de *Ekdal, Ekdal*, cometi a vileza de perguntar: *qual Ekdal?* Ao que ela devolveu a pergunta: *qual Ekdal?* E eu completei: *O velho ou o jovem?* Seguiu-se, então, uma pausa durante a qual todos olharam para a Auersberger, que, com razão, admito, se sentiu achincalhada da maneira mais abjeta e, por fim, sem erguer os olhos de seu gulache, respondeu: *o velho*. Naquele momento, ela me odiou, pensei agora na poltrona de orelhas, e eu teria sido capaz de lhe dar um bofetão, mas seu marido, que em pouco tempo já parecia completamente bêbado, de repente empurrou o prato de gulache para o centro da mesa e gritou para a porta da cozinha: *comida horrorosa!* Com toda a sordidez do arrivista na voz, ele arremessou aquele *comida horrorosa* em direção à porta da cozinha, ao passo que eu, que havia comido aquele mesmo gulache de Kilb antes do enterro, o achara excelente, e todos que seguiam comendo o mesmo gulache concordavam comigo, e não com o Auersberger, o mesmo Auersberger que sempre, desde que o conheço, criticava todos os pratos de todos os restaurantes, ainda que estivessem excelentes; tinha sido no mínimo uma grosseria fazer aquela cena ordinária, como me pareceu, justamente numa hospedaria que, tudo somado, como bem sei, era tão bem administrada como a sempre excelente Zur Eisernen Hand de Kilb, pensei ali na poltrona de orelhas do Auersberger, que, desde que casou, se deixa sustentar pela mulher e sempre, em toda hospedaria ou restaurante, se comportava com uma grosseria das mais enojantes. Depois de lançar aquele *comida horrorosa* contra a porta da cozinha, ele se recostou na cadeira e mostrou a língua para sua mulher. Como, ao longo de seu casamento com o Auersberger, a Auersberger se acostumara às muitas brincadeiras de mau gosto do marido, não a surpreendeu aquele seu gesto de mostrar a língua. Ela simplesmente baixou a cabeça e tentou terminar o gulache que o marido tinha pretendido estragar. Não faltava certa elegância à maneira como ela comia, que tampouco era das mais refinadas, ao passo que o marido, o Auersberger, sempre teve um jeito cômico de comer, como me ocorreu de súbito na poltrona de orelhas. O arrivista quis acostumar-se a um modo aristocrático de comer, mas nunca foi além de um uso cômico-grotesco dos talheres. Sempre foi ridículo ao comer, pensei agora na poltrona de orelhas, e, com o tempo, foi se tornando mais ridículo em tudo que fazia, e justamente porque, com o passar do tempo, tentava cada vez mais refinar suas maneiras, ou seja, refinar a si mesmo, copiar os chamados modos aristocráticos e aplicá-los ele próprio a tudo e a todos, fazendo-se, assim, não apenas cada vez mais grotesco e cômico como também cada vez mais enojante, pensei ali na poltrona de orelhas. Depois de ter arremessado seu *comida horrorosa* em direção à porta da cozinha, de ter se recostado na cadeira e, então, mostrado a língua à mulher, e depois da pausa que se seguiu, ele disse de repente *não gosto nem um pouco de Strindberg* e olhou em torno. Eu me levantei de um salto e fui ostensivamente me sentar à mesa de John e da merceeira. Não, pensei ainda enquanto me levantava, não quero ter nada a ver com essas pessoas. Depois de ter me sentado à mesa em que estavam o companheiro de Joana e a merceeira, ouvi de súbito a Auersberger dizer: *O pato selvagem é de Ibsen*. Daí em diante, simplesmente ignorei a mesa dos artistas e, na companhia de John e da merceeira, pedi uma cerveja. Tinha a intenção de tirar do chamado John mais informações do que já havia obtido dele, não apenas no tocante ao procedimento de traslado no necrotério de Kilb, mas também em relação a tudo que tinha a ver com Joana, e a merceeira estava tão ávida quanto eu para, por fim, saber de John como havia sido de fato a vida de ambos. O companheiro havia conhecido Joana no apartamento dela na Simmeringer Hauptstraße, que Joana, em meados dos anos sessenta na verdade transformara naquilo que ela própria chamou de *oficina do movimento*. Uma namorada dele na época, que tinha aulas com Joana havia já algum tempo, um dia o levou consigo ao apartamento dela na Simmeringer Hauptstraße, para mostrar a ele como Joana era ótima pessoa, que natureza artística possuía, nas palavras dele, pensei ali na poltrona de orelhas. John voltou lá uma segunda e uma terceira vez com a namorada, até que começou a ir com frequência cada vez maior e, de repente, sozinho, sem a namorada, de quem, *por causa de Joana*, disse, se separara da noite para o dia. Ele próprio, porém, segundo contou, não fez aulas com ela; o que fez foi, nas palavras dele, *encontrar apoio nela*, assim como Joana *encontrou apoio nele*. A rigor, ele, John, não dava valor nenhum àquilo que Joana chamava de oficina do movimento, já desde o primeiro momento se convencera de que, para ela, a chamada oficina do movimento não passava de uma possibilidade de *se manter acima do nível d'água*; *pessoalmente*, como ele disse, assim como *intelectual e financeiramente*, ela nada tinha a ganhar com a oficina do movimento na Simmeringer Hauptstraße, frequentada, de resto, apenas por pessoas mais ou menos sem recursos, jovens atores iniciantes, gente mais velha e diletante de teatro, que ainda acreditava em fazer uma carreira aos cinquenta ou sessenta anos mas que naturalmente já não tinha perspectiva nenhuma nem a menor chance de fazer carreira. No fim, depois de dormir com ela várias vezes, ele, John, se mudara para lá. Na verdade, chamava-se *Friedrich*, contou, mas Joana, que achava o nome repulsivo, desde o princípio *não o chamava de Friedrich, e sim de John*, e daquele momento em diante ele passara a ser *o John* para todo mundo. Era de Schwarzach-Sankt Veit, um dos entroncamentos ferroviários do estado que eu conhecia muito bem, seu pai era ferroviário — e como poderia ser outra coisa? —, ele frequentara a escola secundária em Sankt Johann e, por fim, uma escola técnica superior na cidade de Salzburgo. Aos vinte e três anos, tinha ido para Viena e, para poder existir ali, trabalhara numa produtora cinematográfica em Sievering, onde conhecera a ex-namorada que o apresentara a Joana, pensei ali na poltrona de orelhas. De início, tinha feito crer a Joana que se interessava por sua oficina do movimento, mas nunca tivera o menor interesse naquilo; para provar que tinha grande interesse nos ensinamentos de Joana, tinha ido, nas palavras dele, *duas ou três vezes saltitar* com a namorada na oficina, mas depois desistira, dando logo a entender a Joana que estava interessado nela, e não em sua teoria do movimento. Segundo John, Joana não ficara nem um pouco decepcionada, pensei agora na poltrona de orelhas. Como ela na realidade não ganhava nada, já tinha vendido praticamente tudo que possuía e tampouco recebia algum apoio do tapeceirista, por menor que fosse — do tapeceirista, aliás, nunca mais tinha tido notícia nenhuma, contou John, o tempo todo não sabia nem sequer se ele ainda estava no México ou onde estava, ou se continuava com a amiga dela, que levara consigo para lá, *sequestrada*, como Joana costumava dizer a ele, John —, John tinha passado a prover ele próprio o sustento de Joana. Por dois anos depois de ele ter se mudado para a Simmeringer Hauptstraße, ela seguiu com sua oficina do movimento, até que, por ordem dele, enfim desistiu da oficina, que só trouxera infelicidade e, a todo momento, desgosto e discórdia. Ele quis fazê-la parar de beber, pagara para ela *sete estadas na clínica de Kalksburg*, mas em vão, porque toda vez, assim que voltava de Kalksburg, Joana logo recomeçava a beber, até por fim voltar a *se embebedar por completo*, segundo ele. Mas ele não a deixara na mão. *Amava-a de verdade*, segundo suas palavras, pensei sentado ali na poltrona de orelhas e olhando para a sala de música; tinha querido ser para ela, *para aquela criatura infeliz, um bom companheiro*, conforme se expressou na Zur Eisernen Hand. *Joana sempre foi uma pessoa infeliz*, ele disse, pensei comigo na poltrona de orelhas, John repetiu essa frase várias vezes, e não era o que eu sentia, porque conheci Joana como pessoa feliz também, em todo caso ela era feliz nos anos cinquenta, pensei, e mesmo até meados dos sessenta, ou, seja como for, até o momento em que seu Fritz, o artista da tapeçaria, a abandonou. Aí a infelicidade se abateu sobre ela, pensei. É provável, no entanto, que John de fato a tenha conhecido apenas como uma criatura infeliz, a quem quis fazer feliz mas não conseguiu, segundo pensei. *Eu quis fazer Joana feliz*, ele disse várias vezes, mas não tive sorte. A frase resumia sua situação de absoluto desamparo, pensei ali na poltrona de orelhas. Ela ia muito a Kilb, contou, nem sempre com ele, muitas vezes ia sozinha à casa dos pais e, então, voltava decepcionada para Viena. *De início*, ele tentou agir *com cuidado*; depois, *com vigor*, foram as palavras dele, pensei. Por fim, compreendeu que não havia como salvá-la. Na noite anterior ao suicídio, como sempre fazia quando ia a Kilb, contou, ela se despediu dele. Já às seis horas da manhã a merceeira ligara para ele, em Viena, Joana havia se enforcado, dissera-lhe *de imediato*, *sem rodeios*, ao contrário do que fizera comigo, a quem não disse isso de imediato, mas aos poucos e somente graças a minha insistência. A John, a merceeira disse de imediato que Joana tinha se matado, se enforcado; a mim, *não* disse isso de imediato. Esse fato ensejou uma especulação mais longa de minha parte na poltrona de orelhas. Ela se sente mais à vontade com John do que comigo, pensei à mesa da Zur Eisernen Hand na companhia de John e da merceeira, pensei agora na poltrona de orelhas; nele, ela confiou de imediato, diz o que pensa; a mim, não, comigo faz cerimônia, fala de uma maneira afetada, como a gente do campo se dirige à da cidade, os chamados incultos aos chamados cultos, os inferiores, como creem, aos chamados superiores. Ele não ficara surpreso, John disse de súbito à mesa, dirigindo-se à merceeira, com quem, como eu via, ele devia ter um contato mais íntimo fazia já algum tempo, pensei ali na poltrona de orelhas. Segundo contou, vestiu o casaco de inverno, pendurou uma bolsa preta no pescoço e partiu para Kilb. Tudo o mais não havia sido nada agradável, declarou. Se, nesse dia, havia em Kilb alguém efetivamente enlutado com a morte de Joana, e mesmo abalado de fato com seu suicídio, esse alguém era John, pensei, que não era em absoluto a ruína que o tempo todo eu havia pensado que fosse; a uma contemplação mais detalhada, vi de repente tantas qualidades em sua pessoa que logo era da opinião de que, embora em última instância Joana tenha afinal se suicidado, ele havia sido a salvação para ela, um verdadeiro *abrigo humano* em que ela, de todo modo, tinha podido acreditar por sete, oito anos, disse a mim mesmo; sim, porque, sem ele, a quem chamei de *abrigo humano*, ela provavelmente teria se suicidado anos antes, pensei agora na poltrona de orelhas. Joana desejara ser alguém especial na cidade, mas nunca tinha conseguido se libertar de Kilb, disse John, pensei ali na poltrona de orelhas; como chegou ao Fritz, ao artista da tapeçaria, não me lembro mais. Quando a conheci, ela já estava casada com seu Fritz fazia muitos anos, felicíssima, como sempre acreditei naquela época, ou pelo menos sempre tive essa impressão em minhas visitas à Sebastiansplatz. De fato, também eu por vezes me sentia em casa na Sebastiansplatz, no grande ateliê em que podia fazer mais ou menos o que quisesse; Fritz e sua mulher, Joana, nascida Elfriede, compunham uma espécie de *núcleo das artes* que, para mim, representava o casamento ideal da chamada arte dramática com as chamadas artes plásticas, ou das artes de modo geral, ao menos daquilo que, na época, eu via como arte. No ateliê da Sebastiansplatz conheci, em meados dos anos cinquenta, praticamente todos os artistas, cientistas, pseudoartistas e pseudocientistas de Viena, todos aqueles que tinham importância e que, se ainda não eram necessariamente famosos, eram por certo conhecidos, e, com o tempo, passei também eu a me sentir um artista, um escritor em formação na companhia deles e por intermédio deles, por assim dizer. Na Nußdorferstraße, no 18º Distrito, tinha meu alojamento, dormia e descansava; na Sebastiansplatz, no 3º Distrito, meu *templo da arte*, que eu adentrava por volta das cinco da tarde e, em geral, só deixava perto das três da madrugada. Nos espaços gigantescos da Sebastiansplatz, de seis ou sete metros de altura, ficavam os teares do Fritz, nos quais ele trabalhava com duas ou três ajudantes; nesses teares nasciam suas tapeçarias, na época requisitadas e famosas pelo menos entre especialistas de toda a Europa. De pintor a óleo, Fritz transformara-se por acaso num artista da tapeçaria, como ele se exprimia com grande simplicidade. A impressão que sempre causava era a de um homem calmo, que não saía por aí alardeando sua inteligência e que fez da divisão bastante precisa de seu horário de trabalho o núcleo de sua existência; durante todo o tempo que convivemos, não se deixava perturbar por nada nem ninguém nas oito horas dedicadas ao trabalho, pensei ali na poltrona de orelhas. Tinha sempre no canto da boca um cachimbo curto inglês, que não tirava dali nem para falar com os outros, o que, enquanto tecia, fazia apenas a contragosto, ainda que com grande serenidade, como se diz. Mantinha o cachimbo inglês na boca mesmo quando completamente apagado. Seu irmão era um arquiteto de prestígio em Viena, que construía os enormes conjuntos residenciais, por assim dizer, da periferia e que ele sempre definia como *o genial destruidor de cidades*. Embora crescido numa família de posses, dona de uma bela casa na cidade e de propriedades rurais mais ou menos principescas na região vinícola de Baden, Fritz era *um homem bastante modesto*, ou pelo menos essa era a impressão que causava até o momento em que, como já foi dito, *fugiu para o México*. À Sebastiansplatz não iam só artistas, mas toda sorte de gente importante, como se diz, que Joana encontrava e convidava apenas e tão somente para, por um lado, satisfazer sua necessidade social já doentia e, por outro, tornar cada vez mais conhecidas, famosas e caras as tapeçarias do marido; assim, era natural que a todo momento os convidados à Sebastiansplatz incluíssem críticos de jornal e políticos, ou seja, no fundo, precisamente a mistura humana de que eu, um jovem tão necessitado de mundo, como hoje penso, precisava mais do que qualquer outra coisa. Na Sebastiansplatz fui apresentado, por assim dizer, a um corte transversal ideal da humanidade urbana necessária e mesmo imprescindível a um, como disse, artista em formação, e sobretudo a um escritor em formação, que era como eu já me sentia plenamente na época, e posso dizer sem rodeios que a Sebastiansplatz tornou-se para mim, de repente, um importante alicerce de meu desenvolvimento intelectual, que, naquela época, já no princípio dos anos cinquenta, se definiu de uma vez por todas, como se diz. Joana era tão atraente quanto são capazes de ser as belas mulheres do entorno de Viena, tinha o gosto ideal para seus propósitos e um poder de atração bastante grande sobre artistas, cientistas e políticos vienenses. Recebia seus convidados na Sebastiansplatz em longos vestidos que ela própria desenhava, embora não os costurasse com as próprias mãos, copiando ora o estilo indiano, ora o egípcio, ora o espanhol, ora o romano. Em todas essas recepções, mostrava sempre um espírito alegre, ao qual se juntava o atrativo adicional de uma inteligência particularmente obstinada; encarnava em si, por assim dizer, o mundo artístico vienense, o que, naturalmente, sempre foi do agrado de todos aqueles que iam à Sebastiansplatz. Graças ao Auersberger, eu já tinha ido duas ou três vezes a essas recepções quando, de repente, me tornei o convidado constante e preferido de Joana, por assim dizer. Naquela época, nenhum endereço vienense me atraía mais que a Sebastiansplatz, e, por fim, passei a amar o ateliê, Fritz, o artista da tapeçaria, e Joana. Antes da Sebastiansplatz, afinal, eu jamais havia conhecido um ateliê como aquele, jamais vira um *cenário artístico* de fato e daquela envergadura; simplesmente tudo me fascinava na Sebastiansplatz, que por muitos anos tornou-se meu centro em Viena. Pouco a pouco, fui formando ali um *conceito da arte*, conheci os artistas, os gênios e os que queriam de todo modo ser ou se tornar gênios. Observando Joana na Sebastiansplatz, pude ver como a sociedade *se mostra*, como ela se desenvolve, como se pode atrair uma tal sociedade, cultivá-la, alimentá-la e cultivá-la o tempo todo, submetê-la e, por fim, abusar dela e explorá-la. Ali, em resumo, estudei a sociedade, e não apenas a da arte e dos artistas, tornei-a nítida e clara para mim. Na Sebastiansplatz, vi pela primeira vez e de verdade *o que* são os artistas, *como* eles são, *de que meios* se valem e o que não são nem poderão ser nunca na vida. Na Sebastiansplatz, pude estudá-los sem jamais ser perturbado, como nunca mais pude fazer depois disso, com a maior intensidade possível e, portanto, com a maior receptividade possível, porque eu era então receptivo e intenso ao extremo. Foi apenas na Sebastiansplatz, posso dizer, que conheci as pessoas de fato; já as conhecia antes, até melhor que outros, meus semelhantes, mas foi na Sebastiansplatz que as conheci de fato, estudando-as conscientemente, todos os tipos de pessoa. Na Sebastiansplatz, comecei a transformar meu método de contemplação e observação das pessoas numa de minhas artes peculiares, e a fazer dessa arte um hábito para a vida inteira. Trouxe de lá não apenas a admiração, mas também o desprezo pelos seres humanos e pela sociedade humana, pensei; à imensa alegria com as pessoas veio logo se juntar a repugnância, por assim dizer, por aquelas pessoas e pelas pessoas de um modo geral. Na Sebastiansplatz, fizeram-se claros para mim pela primeira vez o poder e o desamparo dos artistas e dos seres humanos em geral, como se eu tivesse podido levantar ali a névoa impenetrável que até então recobria a chamada sociedade artística, pensei. Nunca em minha vida, nem antes nem depois, vi tamanha quantidade de artistas reunidos quase todo dia e toda noite como na Sebastiansplatz, e todos aqueles artistas, que na verdade provavelmente eram e permaneceram sendo em grande parte aquilo que chamo de *não artistas*, como hoje penso, entravam e saíam todo santo dia da Sebastiansplatz, ao passo que eu, na época, lá *permanecia* a maior parte do tempo, admirando o Fritz, que, sentado diante de suas tapeçarias, trabalhava nelas com a maior perseverança, e adorando Joana a sonhar com a própria fama no maior dos ateliês de Viena. Quando hoje leio no jornal um desses chamados nomes importantes ou famosos, é-me quase natural pensar que conheci seu portador na Sebastiansplatz. Enquanto as colegas de Joana, aquelas que haviam frequentado e concluído com ela o Max Reinhardt Seminar, já tinham desaparecido fazia tempo nas cloacas dos, na época, numerosos teatros vienenses, Elfriede Slukal, num momento qualquer de clarividência, como ela própria terá querido acreditar, se transformou em Joana e, logo em seguida, na mulher de Fritz, o artista da tapeçaria. Enquanto suas colegas haviam tido de representar por anos a fio os palhaços hipócritas de uma literatura em geral, segundo penso, irremediavelmente sem salvação, num trabalho exaustivo, de arrebentar os nervos, em todos os palcos possíveis e impossíveis e diante de um público doente, ávido por prazer e diversão, como se diz, Joana possivelmente já desistira do sonho de uma carreira própria e se concentrara por completo na carreira de seu artista da tapeçaria. Todo o seu talento, que não era apenas um talento de artista, mas também, como se diz, um *talento social espetacular*, ela o empregou em prol de seu Fritz, inteiramente devotado a ela, e, aliás, com muito sucesso desde o princípio. Sim, porque, sem Joana, Fritz jamais teria se tornado o, como se diz, *artista internacional da tapeçaria* que é hoje, e com certeza não teria ganhado o grande prêmio da Bienal de São Paulo com seu *Montanhas associativas*; em resumo, sem Joana ele tampouco seria hoje o catedrático que, como tal, se deixa incensar de tempos em tempos, como se diz, por jornais e revistas. Joana abriu mão de si própria em favor do Fritz, penso eu, mas jamais superou esse fato, do qual provavelmente sempre se valeu tão somente para, na verdade, desesperar-se a vida toda, um desespero que teve de suportar, que nunca demonstrou e em decorrência do qual, como penso, provavelmente desmoronou, como se diz, ainda que apenas oito ou nove anos depois de terminado o casamento e de ela, a infeliz, ter pretendido se consolar com John, o representante comercial. Joana fez de Fritz o que queria fazer de si própria mas não conseguiu, isto é, uma personalidade artística respeitada, famosa e mesmo, por fim, famosa no mundo inteiro. Alçou o Fritz às alturas porque não conseguiu alçar-se a si própria às alturas; *o Fritz*, pois, estava apto a adquirir fama mundial, ela não. No momento em que compreendeu que não estava apta a fazer a chamada carreira, e menos ainda a chamada carreira internacional, a obter fama mundial, ela compeliu o Fritz a seguir carreira, e a chamada carreira internacional, como se numa espécie de camisa de força, o que, segundo penso, só podia satisfazê-la por algum tempo, e não, como se diz, por toda a eternidade. Sem Joana, Fritz permaneceria para sempre apenas o pintor e tapeceiro da classe média, penso eu, fumando seu cachimbo, aquela pessoa afável, satisfeita com seu trabalho, seu cachimbo e com uma taça de vinho antes de ir se deitar, sozinho ou acompanhado. Joana, de fato, mais ou menos o sacudiu de sua chamada mediocridade, levou-o, em primeiro lugar, a se debater com a arte e conduziu-o, então, ao florescimento artístico. Com o tempo, porém, as tapeçarias de Fritz, penduradas em todos os museus importantes da Europa, em todos os andares importantes de grandes seguradoras, bancos e conglomerados industriais, não podiam mais satisfazê-la; quanto mais conhecidos e famosos se tornavam o marido e a arte dele, tanto mais abatida ela havia de se sentir, ela, a criadora dessa ascensão. Quando Fritz atingiu o auge da carreira, ela naturalmente alcançou o ápice de seu abatimento, mas não tinha mais como interromper sua obra, a construção e o aperfeiçoamento de seu Fritz justamente em direção àquele auge que, para ela, significou o abatimento mais profundo; assim, seguiu trabalhando mais um pouco em sua obra de arte, Fritz, alçando-a sempre um pouco mais às alturas, enquanto ela própria, nas profundezas de seu íntimo, como se diz, já a odiava fazia muito tempo. Segundo penso, Joana pereceu nesse processo, em que se via obrigada a alçar sua obra de arte, Fritz, cada vez mais alto e, com isso, mergulhar a si própria em profundezas também cada vez maiores. Por fim, penso eu, foi esmagada pelo peso da portentosa obra de arte, Fritz, que ela própria havia criado, mais ou menos aperfeiçoado e que carregava na própria consciência, ou seja, a rigor, pelo Fritz a quem tanto amava. Aquilo que não conseguira realizar consigo, isto é, dar origem a uma grande artista, quando não a uma assim chamada artista suprema, tinha conseguido com Fritz, e quando isso virou realidade e ela viu o que tinha feito, levou um choque mortal e morreu disso, penso eu. Quando não podemos ser nem nos tornar nós mesmos aquilo que queremos ser e nos tornar, terá pensado, aí então fazemos de outra pessoa, necessariamente da pessoa mais próxima, aquilo que não conseguimos fazer de nós mesmos, Joana provavelmente pensou, e fez do Fritz a obra monumental que, no fim, a destruiu e aniquilou, penso eu. Todos que conheciam Fritz não achavam possível fazer dele um artista tão famoso, e mesmo mundialmente famoso, nem acreditavam que seu trabalho pudesse se tornar um trabalho famoso no mundo inteiro, e justamente porque tudo nele, tanto exterior como interiormente, e isso era visível a todos, se *contrapunha* a uma tal fama, à fama mundial. Joana, no entanto, fez dele essa pessoa famosa, e famosa no mundo todo, penso eu, contra toda opinião em contrário. Transformou o honesto Fritz num homem do mundo, famoso por toda parte, em nosso hoje reverenciado artista da tapeçaria, penso eu, e o fez porque, totalmente obcecada, pôde investir nele sem nenhuma cerimônia tudo aquilo que precisou negar a si própria, sua sede de glória verdadeiramente irrefreável e insaciável. O Fritz é obra de Joana, posso afirmar com tranquilidade, e posso ir além e dizer que também a arte de Fritz, isto é, as obras de arte do Fritz, todas as tapeçarias hoje nas paredes de museus famosos no mundo todo, são, na verdade, obra de Joana, assim como tudo que Fritz é hoje é obra de Joana, é Joana. Mas um tal pensamento não é levado a sério, penso, embora, como bem sei, sérios são e serão sempre apenas esses pensamentos que não são levados a sério, na verdade *esses* pensamentos sérios que não são levados a sério são os únicos efetivamente sérios. Pensamos tão somente esses pensamentos sérios não levados a sério, e fazemos isso para poder sobreviver, penso eu. O que procuro nesse grupo de pessoas com o qual não tive mais nenhum contato em vinte anos e com o qual não quis ter contato nenhum ao longo de vinte anos, gente que seguiu seu caminho da mesma forma como segui o meu? — perguntei-me na poltrona de orelhas. O que, portanto, estou procurando na Gentzgasse? — eu me perguntei, e disse a mim mesmo que *cedi a um sentimentalismo momentâneo* no Graben e que jamais poderia ter me permitido ceder a sentimentalismo tão execrável. Tive um momento de fraqueza no Graben e cometi a vileza de aceitar o convite do casal Auersberger, a quem, afinal, desprezava e odiava havia muitos anos, disse a mim mesmo na poltrona de orelhas. Por um instante, fazemo-nos sentimentais, somos tomados do sentimentalismo mais nojento, disse a mim mesmo na poltrona de orelhas, cometemos o crime da burrice e vamos aonde jamais deveríamos ter ido, ao encontro até mesmo de gente desprezada e odiada, pensei ali na poltrona de orelhas, e acabo indo de fato à Gentzgasse, o que sem dúvida não constitui apenas burrice de minha parte, mas também uma atitude inteiramente abjeta. Fraquejamos e caímos na armadilha, rumamos para a armadilha social, pensei comigo na poltrona de orelhas, porque, de resto, esse apartamento da Gentzgasse nada mais é para mim agora que uma armadilha social em que me meti. Sim, porque não resta dúvida de que o que o casal Auersberger sente por mim nada mais é que ódio, assim como todas essas pessoas reunidas na sala de música, que já fede a elas, e que aguardam o ator do Burg, que fez *tanto sucesso com O pato selvagem*, como a Auersberger não cansa de repetir, pensei sentado na poltrona de orelhas. Esperam muito mais tempo pelo ator do que jamais esperariam por mim, pensei comigo. Para eles, o ator do Burg há de ser o ponto alto da noite, pensei comigo, essa besta teatral vaidosa! Apenas por causa desse sujeito nojento as pessoas aceitam esperar já duas horas por uma ceia que a Auersberger caracterizou o tempo todo como um *jantar artístico*, e isso porque, pensei agora na poltrona de orelhas, ela provavelmente sempre caracteriza todos os seus jantares como *jantares artísticos*, embora eu, na verdade, os guarde muito bem na lembrança como *jantares enojantes*. Fosse em Maria Zaal ou na Gentzgasse, os jantares nos Auersberger sempre foram apenas e tão somente mais ou menos enojantes; eles sempre quiseram dar os jantares mais grandiosos, e sempre tiveram a convicção de que seus jantares, ou, para dizê-lo em austríaco, de que suas ceias são as mais grandiosas, mas elas sempre foram nada mais que enojantes, ridículas, absolutamente cômicas e, de fato, asquerosas, pensei ali na poltrona de orelhas. Sempre refinados é o que deveriam ser, mas foram sempre de extremo mau gosto, ou então sempre os mais grandiosos, como disse, mas sempre malograram, malograram sem salvação, como me lembrei na poltrona de orelhas. Sempre pretenderam servir o que havia de melhor, mas o que serviam sempre foi insuficiente, pensei; no tocante a suas ceias, sempre tiveram a vontade de promover algo absolutamente grandioso, mas nunca produziram mais que algo tão somente inferior e mesmo embaraçoso. A rigor, nada correspondia à expectativa em suas ceias, nem os pratos eram especiais, ainda que com frequência fossem *bastante* bons, nem a bebida, que nunca foi muito boa, e tampouco boa o *bastante*, porque era sempre ruim, sem qualidade, quente demais ou gelada demais, doce demais ou amarga demais, como me lembrei na poltrona de orelhas; e mesmo como anfitriões, os Auersberger sempre *saíam dos trilhos*, como se diz, logo no início de suas ceias ou de seus jantares, continuamente à mercê de suas próprias e horrorosas provocações mútuas já à primeira mordida ou ao primeiro gole, envolvendo os convidados em seu relacionamento caótico, quisessem estes ou não; nunca tiveram consideração pelos convidados, aos quais acabavam por emporcalhar com sua sujeira matrimonial desenfreada, quando seu próprio emporcalhamento mútuo já não lhes bastava; junto com a comida de fato sempre insuficiente, serviam ainda aos convidados suas entranhas perversas, por fim afugentando-os, ofendendo-os na prática com suas brigas matrimoniais ordinárias, seus xingamentos torpes e suas enxurradas de acusações mútuas. Mal consigo me lembrar de uma ceia com eles, em Maria Zaal ou na Gentzgasse, que não tenha terminado numa explosão matrimonial, como se diz; todos os seus jantares, ou antes suas ceias, terminavam numa explosão que espalhava, no verdadeiro sentido da palavra, ruínas matrimoniais e um pavoroso fedor de casamento por toda parte — na Gentzgasse, sempre; em Maria Zaal, a maior parte das vezes —, pensei agora na poltrona de orelhas, enquanto olhava para a sala de música. Decerto, com a consciência perversa de sua inferioridade social — *a* Auersberger, por ser apenas o rebento de uma estirpe nobre mais ou menos ridícula das montanhas da Estíria, *o* Auersberger, porque sua mãe, natural de Feldbach, era filha de um ajudante de açougueiro, e o pai, pequeno funcionário municipal —, o casal Auersberger sempre teve a sensação de que precisava alçar-se a altura social mais elevada, o que, por fim, demandava todo o seu empenho e era sempre visível a um olhar mais arguto, como pensei ali na poltrona de orelhas; ou seja, assim como o marido, o Auersberger, a Auersberger sempre, a vida toda, quis escapar de sua origem — a Auersberger, da nobreza idílica da Estíria, o Auersberger, do destino de pequeno funcionário municipal de seu pai e das profundezas da condição de ajudante de açougueiro do pai de sua mãe; isso, porém, só podia surtir a todo momento um efeito cômico em todos à sua volta capazes de ver e pensar. A Auersberger sempre tentou por todos os meios subir um degrau a partir daquilo a que chamei nobreza idílica, mais repulsiva e patética do que qualquer outra coisa; sempre tentou subir, pois, pelo menos até o ramo dos barões e condes da nobreza campestre, no que se empenhou em vão ao longo das muitas décadas de sua vida que conheço, porque, sempre que alcançava ao menos com as mãos esse ramo mais alto da nobreza campestre, era repelida dura e brutalmente pelos ocupantes do ramo enfim alcançado, desse degrau desejado, repelida, assim, por aqueles que tanto almejava ser, o que, como sei, sempre lhe doeu. Todas as tentativas dela de escalar esse ramo mais alto da nobreza campestre e se agarrar a ele por mais tempo, mesmo que não para todo o sempre, sempre fracassaram, pensei ali na poltrona de orelhas. Seu figurino jamais lhe foi de alguma valia, pensei ali na poltrona de orelhas, assim como tampouco o do marido, o Auersberger, ajudou a ele; este fracassou ainda mais miseravelmente, de modo ainda mais indigno em seus esforços por ascender, por se tornar um aristocrata, e a vida toda nunca quis ser menos que isso, tanto quanto sei, sempre quis ser antes um aristocrata estúpido que um bom compositor, essa é que é a verdade. Vestia-se sempre, desde que o conheço, como os condes da Estíria e naturalmente não podia renunciar ao pomposo anel de sinete na mão esquerda, compondo uma figura invariavelmente ridícula, não desprovida de sagacidade, como sempre se disse, mas por certo profundamente risível. O Auersberger com certeza não é burro, pelo contrário, pensei ali na poltrona de orelhas, mas nesse ponto em particular, em seu desejo de ser um aristocrata e no mínimo um conde, sempre foi o mais burro de todos os chamados *alpinistas aspirantes à nobreza*, pensei ali na poltrona de orelhas. Da mesma forma como, em Kilb, se fez ridículo e vil diante de todos com aquele seu *comida horrorosa*, pensei agora, fez-se ridículo e vil centenas e mesmo milhares de vezes em minha presença. Quando esticava o pescoço para cima e fazia biquinho para proferir alguma sentença de morte a determinado prato, bebida ou a qualquer outra banalidade, não soava nem engraçado nem comovente, mas apenas burro e desagradável. E o mais desagradável no Auersberger, que se chama oficialmente Auersberger e, claro, sempre se chamou Auersberger para mim, pensei agora na poltrona de orelhas, foi ele, certa feita, num acesso de megalomania social, ter de súbito se apresentado como *Auersberg*, em vez de Auersberger; no momento em que chegou à Gentzgasse e a sua futura mulher — na época, uma representante da nobreza campestre que lhe alugaria um quarto, como bem sei —, ele amputou o próprio rabo, isto é, simplesmente cortou as duas últimas letras de seu sobrenome e, daquele momento em diante, passou a se chamar *Auersberg*, em vez de Auersberger, a fim de se atribuir pelo menos o odor de uma centenária estirpe principesca austríaca. Se "enojante" não fosse a única palavra adequada a essa castração perversa do próprio sobrenome, seria preciso ao menos, diante de tamanho desrespeito a todas as regras do jogo, chamá-la deplorável, pensei ali na poltrona de orelhas. Em Kilb, o Auersberger não se comportou de forma diferente daquela que eu conhecia de minha convivência com ele nos anos cinquenta. Não mudou nem um pouco, pensei ali na poltrona de orelhas. Depois de dois ou três copos, pôs-se a bancar o palhaço para todos à mesa da Zur Eisernen Hand, deu início a seu circo infantil, pensei, logo se apercebeu de seu papel central e, como se diz, *roubou a cena*. E quando disse então aquele *comida horrorosa* na Zur Eisernen Hand, eu fui me sentar à mesa de John e da merceeira, porque, para mim, os dois Auersberger, cada um à sua maneira, já haviam se tornado insuportáveis por sua mera presença ali. Tão logo os vi em suas roupas de mau gosto — ela, com seu traje tradicional de camponesa da Estíria, os motivos brancos estampados sobre azul, ele, em seu casaco de linho também típico da Estíria —, senti vontade de vomitar, porque soube de imediato que não tinham mudado, que os últimos vinte anos, que tanta monstruosidade trouxeram e causaram ao mundo, na verdade não haviam deixado nenhum vestígio nos Auersberger. Mostraram-se, ambos, deploráveis e repulsivos à mesa da Zur Eisernen Hand, e, no entanto, todos os seus amigos de antes seguiam se aglomerando em torno deles, deixando-se atrair pelos Auersberger como se por um centro mágico, pensei ali na poltrona de orelhas. Ridículos e indignos como são, pensei ali na poltrona de orelhas, ainda têm em torno de si a malta social de trinta ou vinte anos atrás, a malta social dos anos cinquenta. Como se, de fato, nada tivesse mudado ao longo desses vinte anos, o casal Auersberger estava sentado no centro daquela gente da arte que, trinta anos atrás, já o circundava. Qual o motivo para tanto? — perguntei-me agora na poltrona de orelhas. Não cheguei a nenhuma conclusão. Sentado na poltrona de orelhas, de súbito um fenômeno passou a me ocupar: como é possível que o casal Auersberger, que até hoje jamais ganhou um tostão na vida, siga existindo? Como devia ser inesgotável sua riqueza original para que, passados trinta e cinco anos desde seu casamento, eles continuassem sendo em grande medida não apenas protegidos e mantidos, mas ainda hoje, como posso ver, efetivamente mimados por essa riqueza. De início, o Auersberger não tinha nada além de sua genialidade, pensei sentado na poltrona de orelhas, de uma musicalidade absolutamente excepcional, ou assim eu pensava, de um talento gigantesco para línguas e de uma inteligência que, ainda que sempre beirando a loucura, por essa mesma razão era extraordinária; só que não tinha um tostão, à parte o fato de que, antes do casamento, dera aulas durante anos num conservatório vienense, o que, por sua vez, só pode ter lhe rendido o salário de um funcionário insignificante, ao passo que a Auersberger, cujo sobrenome de solteira era *von Reyer*, provinha, como sempre acreditei, de uma família abastada e, como agora sei, rica de fato. A fonte dessa riqueza era, entre outras coisas, uma série de terrenos na região de Maria Zaal que o pai dela comprara por uma ninharia entre as duas guerras mundiais, inclusive o da chamada *residência*, uma construção de quinhentos anos de idade que sediara parte da antiga administração de Salzburgo e onde os Auersberger passam o verão, quando a Gentzgasse se torna demasiado abafada e bolorenta para eles, que, como todos os vienenses abastados, buscam refúgio no campo no final de julho — o casal Auersberger, já no final de maio. Esses terrenos situam-se ao redor de Maria Zaal, que já foi uma das mais belas localidades da Estíria, famosa sobretudo por uma igreja de peregrinos que a população local chama respeitosamente de *catedral* e é, de fato, uma preciosidade arquitetônica românico-gótica. É dessas terras que os Auersberger vivem há quase trinta e cinco anos, pensei ali na poltrona de orelhas, isto é, da venda desses terrenos. Pouco a pouco, um tio do casal, advogado famoso na Estíria, foi fracionando e vendendo as terras dos Auersberger, as quais segue vendendo até hoje. É lamentável o que a venda desses terrenos fez de Maria Zaal, pensei ali na poltrona de orelhas. Onde, vinte anos atrás, vicejavam os mais belos prados e pastagens, erguem-se agora dezenas de residências unifamiliares, como se diz, uma mais feia que a outra, em sua maioria casas pré-fabricadas, como se diz, encomendadas pelo comprador diretamente dos armazéns da redondeza, cubos horrorosos de concreto sobre os quais funileiros desleixados pregam telhas Eternit baratas. Onde antes havia um bosquezinho, onde florescia um jardim na primavera, fenecendo no outono em meio às mais belas cores, ali pululavam agora os abscessos de concreto do nosso tempo, um tempo que não tem a menor consideração pela paisagem, pela natureza em geral, dominado única e exclusivamente pela ganância de motivação política, pela histeria proletária do concreto, pensei agora na poltrona de orelhas. Todo ano, um ou mais desses terrenos do casal Auersberger em Maria Zaal é vendido a alguém da região, gente que, com sua concepção primitiva e abjeta de arquitetura, vai arruinando Maria Zaal pouco a pouco e por completo, e que, aliás, já a arruinou, porque, numa ocasião, há dois ou três anos, estive lá incógnito, por assim dizer, indo da Itália para Viena, e não acreditei nos meus olhos, pensei agora na poltrona de orelhas, não pude acreditar na extensão da destruição promovida em Maria Zaal, aniquilada pela mera venda perversa das terras do casal Auersberger. Cada terreno vendido pelos Auersberger, que não ganham um tostão advindo do próprio trabalho, porque não precisam de dinheiro, como hão de pensar, aniquila um pedaço da natureza de Maria Zaal, já aniquilada, como pude ver com meus próprios olhos; sim, porque, se há vinte anos Maria Zaal era de fato uma das localidades mais belas da Estíria, hoje, graças à falta de consciência dos Auersberger, é uma das mais feias, essa é que é a verdade, pensei ali na poltrona de orelhas; os Auersberger carregam na consciência a destruição dessa joia da Estíria, pensei ali na poltrona de orelhas, e de repente pensei também que não foi aquela gente miúda da região, compelida à histeria construtiva por este nosso tempo repugnante, que aniquilou a paisagem de Maria Zaal, e sim o casal Auersberger; essa aniquilação não se deve àquelas pessoas que são recriminadas por, com suas casas execráveis, terem já quase estropiado e arruinado toda a região da outrora tão maravilhosa Maria Zaal, pessoas que, como em toda parte na Áustria, também ali simplesmente *cagam* suas casas pela região, porque ninguém lhes disse como *construir*; a recriminação cabe, antes, ao casal Auersberger, que, dos bastidores, todo ano incita o tio advogado a vender até mesmo seu último pedacinho de terra e que vai, sim, vender até o último terreno dos Auersberger, a fim de que eles possam, sem precisar mexer um dedo, dar continuidade a sua vida social mais ou menos inútil, pensei ali na poltrona de orelhas. *Onanistas sociais pérfidos*, pensei comigo sentado na poltrona de orelhas; como eram verdadeiras essas palavras que o tapeceiro Fritz lhes havia dito na cara certa vez, como me lembrei agora na poltrona de orelhas. O Auersberger queria ser compositor e não deu em nada mais que um *copista social*, na qualidade de um sucessor de Webern decadente e embotado pela fortuna da mulher. Raras vezes me enfureci tanto com os Auersberger quanto nessa noite. Pessoas como Joana se matam, pensei ali na poltrona de orelhas, enquanto parasitas e copistas sociais como os Auersberger seguem vivendo, vivendo e vivendo, entediam-se a rigor com sua própria vida, vão envelhecendo, envelhecendo e envelhecendo cada vez mais sem nada mais ser que inúteis. Pessoas como Joana acabam se enforcando com uma corda que elas próprias enrolaram no pescoço, são enfiadas num saco plástico e sepultadas da forma mais barata, ao passo que o casal Auersberger não sabe quantos jantares deve ainda oferecer a quantos atores do Burg para aplacar seu tédio de dar nojo e seu enfastiamento estúpido com o mundo, pensei ali na poltrona de orelhas. Pessoas como Joana dispõem durante anos apenas do mínimo necessário para viver e, por fim, se matam, enquanto gente como os Auersberger desfruta de fartura generalizada, fica velha, decrépita e não serve para nada, pensei. E todos acabam enfim por abandonar uma pessoa como Joana, não se preocupam mais com ela, ao passo que hoje, exatamente como há vinte, trinta anos, seguem ainda aglomerando-se em torno de gente como os Auersberger. Os jantares dos Auersberger são apenas um hábito perverso, disse a mim mesmo na poltrona de orelhas. Eles abrem sua casa no campo a essa corja artística urbana não por amor ao próximo, claro que não, e sim por um tédio nojento, por um egoísmo estúpido, abusam dessa corja artística urbana que busca uma lufada do ar do campo e que vai até eles ainda e sempre sob o pretexto da amizade juvenil, ofendem-na, insultam-na, esvaziam-na, tanto quanto me ofenderam, insultaram e esvaziaram durante anos, e a corja artística urbana, que é como caracterizo agora todas essas pessoas sentadas e em pé na sala de música, ainda comparece à Gentzgasse para *agradecer* por tudo isso. Todas essas pessoas em pé ou sentadas agora na sala de música, inclusive eu, frequentaram Maria Zaal por anos, décadas, como convidadas do casal Auersberger, e ali foram exploradas pelos Auersberger, ajudaram-nos a lidar com seu tédio campestre, com as extravagâncias campestres deles, por dias, semanas, meses, anos, e não notaram que eram tão somente violentadas e exploradas pelo casal Auersberger, que delas abusava; eram convidadas para se deixar abusar, e não por amizade, amor ou qualquer outra mentira absurda, como os Auersberger sempre lhes deram a entender, pensei ali na poltrona de orelhas. Para remendar e salvar seu casamento fraturado, o casal Auersberger me convidava a ir visitá-lo em Maria Zaal, ou seja, não para proporcionar-me um local para passar *férias*, como fingiam ser o caso, e sim para que eu desemaranhasse sua querela matrimonial, como pensavam mas naturalmente jamais me disseram; não para mimar-me por duas ou três semanas ou meses, ou mesmo por *um ano inteiro* ou *dois*, como diziam. Não me convidaram pela primeira vez a Maria Zaal — a mim, que provavelmente causei-lhes uma impressão de abandonado, decadente, quase faminto — a fim de, movidos pelo altruísmo, me paparicar; atraíram-me, isso sim, e efetivamente sem nenhum escrúpulo, para sua armadilha em Maria Zaal com o intuito de tornar suportável seu próprio inferno matrimonial; não me convidaram como um garoto subnutrido necessitado de sua atenção e de seu amor, e sim como um meio para um fim, um bobo da corte salzburguiano capaz de salvá-*los* do inferno matrimonial. E eu fui ingênuo o bastante para não reconhecer de imediato como tal a armadilha que haviam me preparado, tateei para dentro dela e logo me tornei para eles, com intensidade cada vez maior, o bobo da corte salzburguiano em sua Estíria pavorosa, como pensei agora na poltrona de orelhas. Saído do Mozarteum, tendo ainda no bolso da calça o certificado de conclusão que, em fúria, amassei com ambas as mãos, transformando-o numa bola grudenta de papel, conforme me lembro, fui àquela festa de aniversário na Sebastiansplatz, e lá os Auersberger me convidaram para ir a Maria Zaal, pensei agora na poltrona de orelhas; e eu aceitei o convite, porque não sabia que o casal Auersberger estava me convidando para, em Maria Zaal, participar de seu inferno conjugal. Infames, precipitaram-se sobre o jovem ingênuo de Salzburgo, e me convidaram para ir a sua residência em Maria Zaal. E aceitei o convite, o que infelizmente só mais tarde percebi ter sido loucura. Pessoas como os Auersberger dizem ter dinheiro, um belo pedaço de terra, grande, gigantesco mesmo, uma casa igualmente bela, grande, gigantesca mesmo, e nós, que não temos nada disso, caímos na armadilha, pensei. Deixamo-nos influenciar por sua abundância e caímos na armadilha. Só vemos a fachada, ouvimos apenas a superfície do que dizem, e caímos na armadilha. Deixamo-nos impressionar por seus trunfos e caímos na armadilha, pensei ali na poltrona de orelhas. Falam de uma casa grande e antiga, com belas e grandes abóbadas, de longos passeios por terras que lhes pertencem, de deliciosas refeições no jardim, das excursões cotidianas de um castelo a outro, e nos impressionamos e caímos na armadilha. Iludem-nos com um mundo campestre de luxo absoluto, e nos impressionamos e caímos na armadilha de seu luxo rural, pensei ali na poltrona de orelhas. Volta e meia falam daquilo que possuem, *de sua riqueza ilimitada*, sem de fato falar disso, e nos deixamos impressionar e caímos em sua armadilha. Falam de suas cozinhas bem fornidas, de suas adegas cheias e das bibliotecas de dez mil volumes, e nós nos deixamos impressionar e caímos em sua armadilha. Mencionam seus lagos repletos de peixes, seus moinhos e serrarias, mas não suas camas, e nos deixamos impressionar por eles e caímos em sua armadilha e em suas camas, pensei. E como nós próprios chegamos a uma espécie de fim do caminho, porque não sabíamos e não sabemos como seguir adiante — como eu, na época, no começo dos anos cinquenta —, deixamo-nos *impressionar profundamente por eles* e caímos de muito bom grado em sua armadilha. Eu não sabia o que fazer quando saí do Mozarteum; fui para Viena, mas Viena não foi uma saída para mim, nada me ofereceu além da gélida, brutal desesperança, e naturalmente caí na armadilha dos Auersberger, naquela que foi quase uma armadilha fatal para mim, pensei agora na poltrona de orelhas. O instinto dos Auersberger apontou para mim, pensei ali na poltrona de orelhas, e seu instinto acertou na mosca, pensei, porque, naquela época, no começo dos anos cinquenta, eu era a melhor das possibilidades para o casal Auersberger, que de súbito não sei mais como e onde conheci. Sei, é verdade, pensei ali na poltrona de orelhas, que conheci Joana na Sebastiansplatz por intermédio de Jeannie Billroth, pensei agora, mas não me lembro mais de onde conheci *os dois*, o casal Auersberger, razão pela qual perguntei-me de repente onde, afinal, tinha conhecido os Auersberger, mas não consegui me lembrar, esqueci. Fiquei tentando me lembrar, mas não consegui. Essas fraquezas momentâneas, esses estados de fraqueza mental, eu os tenho com frequência nos últimos tempos, pensei ali na poltrona de orelhas; considerando todas as minhas enfermidades, minhas doenças dos nervos, tudo que já vivi no dia de hoje, é natural, não é de admirar, pensei. E disse a mim mesmo que, só neste ano, que ainda está no começo, já fui *cinco vezes* a enterros de amigos ou amigas. De repente, vão morrendo todos, a maioria pelas próprias mãos, disse a mim mesmo. De repente, agitados, saem correndo de um café para a rua e são atropelados ou se enforcam ou sofrem um derrame. Quando passamos dos cinquenta, vamos a enterros a todo momento, pensei. Logo terei mais amigos e amigas no cemitério que na cidade, pensei. Os que nasceram no campo, vão para o campo para se matar, pensei. Dão preferência à casa paterna na hora de se suicidar, pensei. A rigor, estão todos doentes, sem exceção. Quando não se matam, morrem das doenças que contraíram graças a sua desatenção, palavra que repeti para mim mesmo duas ou três vezes, "desatenção", como se me divertisse repeti-la na poltrona de orelhas, até que chamou a atenção das pessoas na sala de música o fato de eu repetir constantemente a palavra "desatenção", que parei de dizer assim que percebi que de repente olhavam para mim, da sala de música para o vestíbulo. Há trinta anos, há apenas vinte e cinco anos, era amigo de todas elas, pensei, já incapaz de entender por quê. Por um tempo, seguimos com as pessoas numa direção; depois, acordamos e lhes damos as costas. Fui eu que dei as costas a elas, e não elas a mim, pensei. Nós nos atrelamos a elas, passamos de súbito a execrá-las e as deixamos. Corremos atrás delas por anos a fio, mendigamos seu afeto, pensei, e quando de repente conquistamos esse afeto, já nem o queremos mais. Fugimos delas, elas nos alcançam, nos arrebatam para si, e nós nos submetemos a elas, a cada um de seus ditames, pensei, nos entregamos a elas até a extinção ou a ruptura. Nós fugimos, e elas nos alcançam e oprimem. Corremos atrás delas, suplicamos que nos acolham, e elas nos acolhem e matam. Ou as evitamos desde o início e conseguimos seguir evitando-as a vida toda, pensei, ou caímos em sua armadilha e sufocamos. Ou escapamos delas e as rebaixamos, as caluniamos, espalhamos mentiras a seu respeito, pensei, a fim de nos salvar, as caluniamos sempre que possível para nos libertar, fugimos delas para salvar nossas vidas e as acusamos por toda parte de *nos* ter em *sua* consciência, ou são elas que escapam de nós e nos caluniam e acusam, espalham toda sorte de mentiras a nosso respeito para se salvar, pensei. Acreditamo-nos já mortos, topamos com elas e elas nos salvam, mas não ficamos agradecidos por nos terem salvado, ao contrário: nós as amaldiçoamos, as odiamos, as perseguimos com nosso ódio a vida inteira por terem nos salvado. Ou nos insinuamos, elas nos repelem e nós nos vingamos e as caluniamos, as rebaixamos por toda parte, as perseguimos com nosso ódio em última instância até a cova, ou, no momento decisivo, elas nos ajudam a nos reerguer, e nós as odiamos, porque nos ajudaram a nos pôr de pé outra vez, assim como elas nos odeiam, porque as ajudamos a se pôr de pé, pensei ali na poltrona de orelhas. Uma vez, fizemos um favor a elas e acreditamos, então, ter direito a sua gratidão eterna, pensei ali na poltrona de orelhas. Somos amigos delas por anos a fio e, de súbito, não somos mais pela vida toda e não sabemos nem sequer por que, de repente, não somos mais seus amigos. Nós as amamos com tanto fervor que adoecemos desse amor, e elas nos repelem, odeiam nosso amor, pensei. Recebemos tudo delas, e as odiamos por isso. Não somos nada, elas fazem de nós alguma coisa, e nós as odiamos por isso. Viemos do nada, como se diz, e, sob certas circunstâncias, elas nos fazem gênios, e nunca mais as perdoamos por nos ter feito gênios, como se, em vez disso, tivessem nos transformado em criminosos inveterados, pensei ali na poltrona de orelhas. Recebemos tudo delas, pensei ali na poltrona de orelhas, e, por isso, as castigamos pela vida toda com desdém e ódio. Devemos tudo a elas e jamais as perdoamos pelo fato de devermos tudo a elas, pensei. Acreditamos ter direitos e não temos direito nenhum, pensei. Ninguém tem direito nenhum, pensei. O mundo, tudo que há neste mundo, é *a injustiça*, pensei. Os seres humanos são o injusto, e o injusto é tudo, essa é que é a verdade, pensei, o que não é direito. Dispomos apenas do injusto, pensei, do que não é direito. Em aparência, essas pessoas sempre foram tudo, mas, na realidade, nunca foram nada; ora são cultas em aparência, mas não são, ora são, como se diz, artísticas em aparência, mas não são, e ora humanas, mas não são, pensei. E, em aparência, sempre foram também amáveis, o que na verdade não são. Acima de tudo, sempre foram naturais em aparência, mas naturais nunca foram, tudo nelas sempre foi pura artificialidade, e quando afirmavam ser filosóficas — e o eram, portanto, em aparência —, nada mais eram que excêntricas, e de novo me ocorreu a maneira repugnante como os Auersberger me disseram no Graben que agora tinham *tudo de Wittgenstein*, exatamente da mesma forma como, vinte e cinco anos atrás, me disseram ter tudo de *Ferdinand Ebner*; naquela época, com o mesmo mau gosto, fingiram possuir um conhecimento filosófico, ou pelo menos um interesse no assunto, porque acreditavam precisar fazê-lo em minha presença, diante de mim, que, como acreditavam então, e como é provável que sigam acreditando ainda hoje, seria um ser filosófico, uma pessoa que filosofa, o que não sou, porque, a rigor, até hoje eu mesmo não sei o que é isso, *um filósofo*, assim como tampouco sei o que é um *ser filosofante*. Em aparência, ora entendiam algo de literatura francesa, ora de literatura espanhola, ora alguma coisa de literatura alemã, e, de fato, é verdade que foi na casa deles, ou seja, por intermédio deles, que fiquei conhecendo muitos dos poetas espanhóis e franceses, assim como a maioria dos alemães, sobretudo em Maria Zaal, onde tinham uma grande biblioteca, maior ainda que a da Gentzgasse, que já se poderia caracterizar como bastante grande e representativa, e mesmo como uma biblioteca científica, a qual o bisavô da Auersberger havia montado, também ele movido pela aparência, mas da qual seus descendentes, isto é, o casal Auersberger, provavelmente não havia apanhado mais que vinte ou trinta volumes em trinta anos, ao passo que eu literalmente mergulhei nessas bibliotecas, como se pode dizer, a da Gentzgasse e a de Maria Zaal, precipitei-me sobre elas com a paixão do ignorante, tenho de admitir, pensei agora. E talvez nem tenham sido os Auersberger em si que me atrelaram inicialmente à Gentzgasse e, depois, a Maria Zaal, mas, antes, as grandes bibliotecas montadas por seus antepassados, que, aliás, só as montaram para transmitir uma aparência, a aparência de cientificidade, de cultura, da onisciência metropolitana, sempre na moda. A onisciência, penso eu, sempre esteve na moda, em todas as épocas, e, embora tenha saído um pouco de moda nas duas últimas décadas, voltou agora ao topo. Os Auersberger sempre se dedicaram à aparência, porque nunca tiveram capacidade para o real, pensei, tudo neles sempre foi e continua sendo aparência, mesmo a vida social, mesmo seu próprio relacionamento, mesmo seu casamento nunca foi mais que aparência, um casamento aparente, porque nunca foram nem são capazes de um casamento real, pensei ali na poltrona de orelhas, e não é só o casal Auersberger que vive de aparências desde sempre: todas essas pessoas na sala de música sempre viveram de aparências, nunca no mundo real, nunca viveram um só instante de realidade, pensei. Para tanto, nunca tiveram a coragem, a força, nunca tiveram o necessário amor pela verdade, pensei. Sempre viveram, todas elas, *apenas e tão somente de acordo com a moda*, pensei, sempre se revestiram da moda como aparência, submetendo-se por completo a esse revestimento, pensei; quando era moda em Viena ler Ferdinand Ebner, leram Ferdinand Ebner, e como hoje é moda ler Wittgenstein, leem Wittgenstein, mas, claro, nunca leram Ferdinand Ebner, assim como hoje tampouco leem Wittgenstein; trinta anos atrás, levavam para casa os livros de Ebner da mesma forma como agora levam os de Wittgenstein, conversam sobre esses livros, mas não os leem, seguem conversando sobre eles e não os lendo, até que, de súbito, o tema de suas conversas, discutido às vezes ao longo de anos, sai de moda, e elas, então, de repente não tocam mais no assunto. E como agora se fala tanto de Wittgenstein como, na Viena do passado, se falava de Ferdinand Ebner, ocorre-me que Wittgenstein, afinal, foi mais filósofo que professor, e Ferdinand Ebner, mais professor que filósofo, e que Wittgenstein vai sobreviver e entrar para a história como filósofo, ao contrário de Ferdinand Ebner, que só entrou para a história como professor. O casal Auersberger sempre quis transmitir a aparência de grandiosidade, assim como a do pendor para a arte e, acima de tudo, a de humanidade, quando não a de super-humanidade, pensei, ao passo que, sob essa aparência, tudo que sempre *conseguiram* ser foi tão somente a pobreza em si, jamais aquilo que, na verdade e na realidade, *queriam* ser: gente de primeira classe, aristocratas e, aliás, da *alta* aristocracia. Isso é que é grotesco no casal Auersberger, que ele tenha se aferrado a vida toda a essa concepção cômico-repulsiva do mundo, se consumido nela dia e noite, penso eu. Mas os Auersberger revestiram-se também da aparência de mecenas, pensei, e convidar alguém de fora da aristocracia para visitá-los, não importa quem, tinha para eles algo de mecenato. Por fim, atribuí-lhes o título de *mecenas do campo*, quase como uma condecoração carnavalesca, e levaram a sério meu sarcasmo. Em vez de viajar, de *se aprofundar* em viagens e se aperfeiçoar de todas as formas nessas viagens *aprofundadas* — e sempre tiveram tanto dinheiro que teriam podido se *aprofundar* em viagens de todo tipo —, desperdiçaram seu tempo, e, portanto, suas décadas, tentando copiar a chamada gente de primeira classe, querendo ser aristocratas. Exauriram-se como copiadores da aristocracia nesse seu fervor aristocrático, do qual nada podia salvá-los e do qual, aliás, segundo penso, não queriam ser salvos. Assumiram a aparência de artistas, pensei, e, no entanto, não passavam de pequeno-burgueses, porque eram fracos demais até mesmo para se portar de fato como burgueses, que dirá como membros da alta burguesia, comportamento que desprezavam por causa de sua própria fraqueza, pensei. Assim sendo, espoliaram até o fim todos que caíram em sua armadilha, pensei. Mas os próprios espoliados foram os culpados por sua espoliação, pensei, porque se deixaram espoliar pelo casal Auersberger com plena consciência disso e extraíram os maiores proveitos dessa espoliação; sim, as vítimas da espoliação dos Auersberger na verdade apreciavam essa espoliação, como eu próprio apreciei minha espoliação por anos a fio pelo casal Auersberger, em última instância como um tratamento que cura, essa é que é a verdade, e esse tratamento de cura pela espoliação por parte dos Auersberger de fato me fez saudável, em última instância me curou, no verdadeiro sentido da palavra; sim, porque eu estava doente quando cheguei até eles, completamente doente, corpo e cabeça eram uma doença só, pensei. Naquela época, trinta anos atrás, a cura dos Auersberger pela espoliação me fez saudável (ainda que não me tenha feito mais feliz), pensei. Mas eu os desprezo e odeio, embora eles tenham me feito saudável trinta anos atrás, pensei agora na poltrona de orelhas. Embora eles tenham me salvado então, há trinta anos, pensei, a verdade é que eu os salvei e eles me salvaram, pensei. Agora, dão a impressão de estar promovendo seu *jantar artístico* para os artistas, quando, na verdade, promovem-no em honra de sua própria mesquinharia; é verdade, promovem-no, como alegam fazer, para o ator que, como ator do Burg, se deixa homenagear por toda parte, assim como todos os atores do Burg sempre se deixam homenagear por toda parte, inclusive nos cantos mais recônditos desta cidade; promovem-no, sim, para o bem-sucedido e aplaudidíssimo *protagonista de O pato selvagem*, para o Ekdal, mas promovem-no na verdade apenas para si próprios, para os convidados, é certo, mas, como sempre, na verdade para si próprios, pensei ali na poltrona de orelhas. Compraram uma infinidade de coisas para cozinhar e, depois, servir à gente da arte, mas fizeram todas essas compras para si próprios, cozinharam apenas para si próprios e, no fim, caracterizam esse seu *jantar artístico* como mecenato. Vão passar semanas dizendo em Viena que deram um jantar para o Ekdal de *O pato selvagem*; não dizem que o ator, na qualidade de ator do Burg, só compareceu porque passaram semanas mendigando por uma visita, quase dilacerando-se por ele, como se diz em Viena; dizem, sim, que deram um jantar para o ator do Burg, um *jantar artístico*, e também para uma série de outros artistas, artistas, por assim dizer, não tão grandiosos como o ator do Burg, mas grandes artistas, artistas também, por assim dizer, penso. Dizem que deram um jantar para o ator do Burg quando, na verdade, possivelmente extorquiram seu comparecimento ao jantar, porque todos os convites dos Auersberger sempre foram, afinal, extorsões, pensei ali na poltrona de orelhas. Seu círculo social sempre foi um círculo extorquido, pensei, qualquer que tenha sido a maneira como se puseram ou se põem na cena social, sempre o fizeram e seguem fazendo tão somente pela extorsão, pensei. Mesmo quando as pessoas vão mais ou menos de livre e espontânea vontade a seus jantares, pensei, é porque o casal Auersberger extorquiu-lhes a presença. Prefeririam ter agora aristocratas à mesa da Gentzgasse, ou seja, pessoas que os Auersberger creem ser aristocratas, isto é, aquilo que eles entendem por aristocracia, a ter aquelas que de fato compareceram nessa noite, pensei ali na poltrona de orelhas, prefeririam um príncipe decadente, um conde arruinado e seu séquito a essa *gente da arte*, de que, no fundo, sentem pavor, porque, no fundo, julgam que o artístico é nada, sempre foi para eles apenas aparência, assim como sua ceia, como *jantar artístico*, é mera aparência, pensei. Se, contudo, não têm príncipes e condes à mesa, então que seja *ao menos um ator do Burg*, devem pensar, pensei ali na poltrona de orelhas, justamente no momento em que chegou o ator, sempre chamado apenas e tão somente de *ator do Burg*, porque trabalha no Burgtheater há trinta ou quarenta anos e há trinta ou quarenta anos é caracterizado como ator do Burg. À mesa, os Auersberger me puseram bem defronte da escritora Jeannie Billroth, ou seja, precisamente diante daquela pessoa que me repugnara sobremaneira à tarde, ainda em Kilb. Já tinham acomodado todo mundo na sala de jantar quando me chamaram, convidando-me a me dirigir para lá e tomar assento; chamaram-me tão tarde que tive de supor que haviam me esquecido, e provavelmente haviam de fato me esquecido, segundo penso. Na verdade, eu cochilei por um instante, ou por vários, na poltrona de orelhas, de exaustão, e só despertei quando me convidaram a ir para a sala de jantar, para aquele horror perfeito em estilo Empire. Vinda da sala de música para o vestíbulo, a Auersberger me chamou, e é provável que eu tenha demorado para ouvir, porque, ao ouvi-la chamar meu nome pela primeira vez, soube de imediato que ela já havia me chamado diversas vezes. De fato, ela acreditou que precisaria sacudir-me o ombro para me acordar, mas me antecipei e repeli sua mão, talvez de maneira um tanto abrupta, antes ainda que ela me tocasse o ombro. Na penumbra do vestíbulo, não pude ver sua expressão facial, mas o rigor de minha repulsa há de tê-la ofendido, penso eu. Levantei-me de pronto, devo dizer, e a segui rumo à sala de jantar, na qual, como disse, todos já se encontravam sentados à mesa, o ator do Burg mais ou menos no meio, e eu havia perdido sua entrada em cena, como era agora obrigado a concluir. Não o ouvi entrar, mas, como ele tinha de passar por mim para chegar à sala de jantar, bem a meu lado, e eu não o ouvi, devo ter cochilado mesmo, é possível que tenha dormido por vários minutos, sou forçado a supor, quase meia hora, talvez mais. Sentei-me bastante atordoado à mesa do jantar. Vi a cozinheira servir a sopa, um procedimento absurdo às quinze para a uma da madrugada, pensei. Todos comiam apressadamente e ouviam o que o ator do Burg tinha a dizer, enquanto ele tomava sua sopa. Hoje *não tinha sido uma noite boa*, disse o ator do Burg, não foi *minha melhor noite*, como ele se expressou; várias vezes os espectadores no Akademietheater haviam gritado *mais alto, mais alto*, porque ele provavelmente estava falando baixo demais; não sabia como nem por quê, disse, mas acontecia de um ator em cena, inteiramente absorto em sua arte, por assim dizer, esquecer-se por completo do público, que, de fato, além de vê-lo, quer ouvir dele algo compreensível. Toma sua sopa com o mesmo desleixo com que atua, pensei, mas não era ele que eu observava, e sim a escritora Jeannie Billroth, que, por sua vez, naturalmente observava o ator, como ator do Burg que era, e parecia absorver como coisa absolutamente extraordinária, excepcional e singular tudo que o ator, como ator do Burg, apressava-se em engolir e dizer. Eu estava, pois, sentado defronte da Virginia Woolf de Viena, diante daquela produtora de verso e prosa de péssimo gosto que, de súbito fazia-se agora claro, passara a vida toda mergulhada apenas em seu kitsch pequeno-burguês, segundo penso. E uma pessoa assim ousa dizer, sem nenhuma cerimônia, que escreve melhor que Virginia Woolf, a quem, desde que aprendi a pensar como escritor, sempre admirei como a maior de todas as poetas, e ousa dizer ainda que, em seus romances, ela, Billroth, teria ido além de *As ondas*, *Orlando* e *Ao farol*. Já em Kilb, Jeannie tornara a mostrar seu lado pequeno-burguês, pensei agora, sentado defronte dela, amaldiçoando esse *jantar artístico* que, por obra do ator do Burg, de fato se transformara de repente numa *ceia artística* no verdadeiro sentido da palavra, e amaldiçoava-o por sentir que ele era tão grotesco e repulsivo como efetivamente era, penso eu. Mandar servir sopa de batata às quinze para a uma da madrugada e anunciar uma perca assada para logo a seguir já constitui perversidade de que só o casal Auersberger é capaz, disse a mim mesmo, sentado diante de Jeannie, que tomava sua sopa como sempre, ou seja, com o mindinho da mão direita afastado dos outros dedos pelo menos um centímetro a mais do que o normal, como ela costumava fazer em todas as refeições. E uma perca às quinze para a uma da madrugada por causa de um ator do Burg em cuja barba enredava-se agora a sopa de batata, da qual, a grande velocidade, ou seja, *como um esfomeado*, ele já tomara metade. O Ekdal, disse, tomando sua sopa, o Ekdal é há décadas *meu papel preferido*, e disse-o enquanto tomava a sopa, isto é, a cada duas palavras uma colher de sopa: o *Ekdal sempre*, colher de sopa, *foi meu*, colher de sopa, *papel preferido*, colher de sopa; e, entre duas outras colheradas na sopa, *há décadas*, sendo que *papel preferido* ele o disse exatamente como se falasse de uma sobremesa, penso eu. Repetiu várias vezes *o Ekdal é meu papel preferido*, e me perguntei de imediato se também teria se referido sem cessar àquele seu papel preferido caso não tivesse feito sucesso com seu Ekdal. Quando um ator faz sucesso num papel, ele diz que é seu preferido; se não tem sucesso, não diz que é seu papel preferido, pensei. Sem cessar, o ator do Burg seguia tomando sua sopa de batata e dizendo que o Ekdal era seu papel preferido. Como se só ele tivesse o que dizer, os demais ficaram em silêncio por um bom tempo; tomavam sua sopa e fitavam o ator do Burg. Se o ator do Burg tomava sua sopa depressa, eles também tomavam depressa a sua; se ele tomava a sopa mais devagar, também os outros iam mais devagar, e quando o ator do Burg terminou sua sopa, todos os demais convidados também terminaram a sua. Já tinham terminado fazia tempo quando meu prato de sopa estava ainda pela metade. Aliás, não gostei da sopa e deixei o resto no prato. Em *O pato selvagem*, tinha finalmente podido atuar como sempre quisera fazer, prosseguiu o ator do Burg em tom patético. Tivesse ele atuado ao lado de colegas melhores, colegas ideais, disse — porque não dispunha dos melhores colegas, dos colegas ideais, uma vez que, à exceção dele, *O pato selvagem* tinha um elenco de *segunda linha* —, a peça como um todo, e não apenas ele, *teria feito sucesso estrondoso*, disse. Mas, assim sendo, disse, tudo acabara se concentrando nele, e todos os jornais falavam apenas dele; o acontecimento acabara sendo não *O pato selvagem*, e sim ele; seu Ekdal era o acontecimento, e não a encenação em si, disse. E o que teria sido *desse O pato selvagem e do próprio Ibsen*, não fosse por ele? — era o que mais ou menos todos davam a entender. Pessoalmente, ele tinha Ibsen em altíssima conta, assim como Strindberg e todos os chamados poetas nórdicos, mas, de fato, o que seriam esses poetas sem atores como ele, e dizia-o, disse, com toda a modéstia, mas também com total franqueza. Sim, em sua opinião, nesses poetas havia mais do que diziam os jornais e, *atores grandiosos ou não,* Ibsen era de fato um poeta, assim como Strindberg, ambos *grandes gênios da história da literatura, mas o que seriam eles efetivamente sem atores grandiosos.* O ator do Burg devia ter tomado pelo menos duas ou três taças de champanhe ao chegar à Gentzgasse, pensei comigo, enquanto ele dizia que a literatura só ganha vida *quando despertada por um bom ator*. A seguir, pôs as duas mãos sobre a mesa, esticou para o alto sua cabeça de ator e disse ao Auersberger: *Gostei muito de sua composição, meu caro amigo*. Ao que o Auersberger baixou a sua, ou seja, o sucessor de Webern, Auersberger, baixou a cabeça no momento em que o ator do Burg esticou a dele para o alto ao dizer *Gostei muito de sua composição, meu caro amigo*. A seguir, todos silenciaram, pensando que a perca assada seria servida, mas se enganaram: a cozinheira entrara sem prato nenhum, apenas para perguntar se podia servir a perca. A Auersberger deu-lhe a entender que a perca podia ser servida. Nós, atores, estamos acostumados a jantar tarde, disse o ator do Burg, em geral só jantamos depois da meia-noite. Nós, atores, temos essa característica, disse o ator do Burg, o fato de só jantarmos depois da meia-noite. Não é uma vida saudável essa vida no palco, acrescentou, partindo ao meio um palito salgado. Mas o ator se acostuma a jantar depois da meia-noite, disse, repetindo a seguir que o Ekdal era seu papel preferido, como nenhum outro. Para o melhor teatro só a grande literatura se prestava, prosseguiu o ator do Burg. Ele havia estudado o Ekdal durante seis meses; para *estudar o Ekdal* tinha inclusive, em certo momento, se retirado por três semanas *para uma cabana solitária nos Alpes tiroleses*, e havia sido somente nessa solidão de fato, disse o ator do Burg, que o Ekdal *efetivamente se descortinara* a ele. Os atores costumam dedicar-se ou cedo demais ou tarde demais a um papel, mas, a um papel como o Ekdal, um ator *só pode se dedicar no único momento certo*, afirmou: *para a grande literatura, para os grandes papéis, só há um momento certo*. O Ekdal sempre foi meu papel preferido, disse ainda, mas eu nunca o entendi. Foi apenas ao me concentrar em nada mais que o Ekdal naquela cabana nas montanhas que compreendi o que é esse Ekdal, e mesmo o que é *O pato selvagem*. Na verdade, *o que é o próprio Ibsen!* — exclamou. Tinha sido a cabana nas montanhas que *iluminara o Ekdal* para ele, *lá, na cabana nas montanhas, é que me veio a luz*, disse o ator do Burg, recostando-se na cadeira e dizendo então que sempre gostara muito de perca assada, *de preferência a perca do Balaton, a verdadeira perca do lago Balaton*, ao que a Auersberger, interrompendo-o de fato em sua análise do Ekdal, respondeu que, naturalmente, serviria apenas e tão somente a verdadeira perca do Balaton, que outra haveria de ser? O Ekdal precisa ser abordado com a máxima cautela, continuou o ator do Burg. Passamos meses correndo de um lado para outro da cidade, quebramos a cabeça e não entendemos o Ekdal, não temos com ele nenhuma relação, embora sempre o tenhamos julgado tão próximo de nós como nenhuma outra personagem da literatura universal; no fim, nos desesperamos e jogamos tudo para o alto, disse ele, mas, aí, vamos para as montanhas, nos alojamos numa cabana e então vemos a luz. *Com Próspero, me aconteceu a mesmíssima coisa*, disse o ator do Burg. *Caso eu ainda venha um dia a fazer o Lear*, completou, *vou de novo àquela cabana nas montanhas, em vez de ficar esperando meses pela iluminação nesta cidade horrorosa*. O Tirol é que havia *descortinado* a ele o Ekdal, disse o ator do Burg. A cabana a mais de mil e oitocentos metros de altura, disse. Longe de toda civilização. *Sem nenhuma luz elétrica. Sem gás. Sem sociedade de consumo!* — exclamou, enquanto recebia o prato quente e era convidado a se servir da perca. *Precisamos todos subir até o alto dos Alpes para obter a visão correta do mundo*, disse ainda, logo se servindo de um segundo pedaço da perca. De resto, jamais tinha *encarnado* antes uma personagem de Ibsen; de Strindberg, sim, o Edgar da chamada *Dança da morte*, mas, *de Ibsen, nunca*, nem mesmo Peer Gynt quando ainda jovem, o que na verdade teria sido mais que natural. Passamos por tantos diretores, disse ele, e nunca nos dão os papéis que queremos de fato fazer. Tampouco os poetas que *moram em nosso coração*. Queremos fazer uma peça de um poeta espanhol e temos de aceitar um francês, disse, queremos Goethe e nos condenam a Schiller, queremos fazer uma comédia e nos chamam para uma tragédia. Nem mesmo a fama permite interpretar sempre aquilo que se quer, disse o ator do Burg. E como é frequente, continuou, nos prometerem um papel que podemos caracterizar como um de nossos preferidos, e esse papel preferido ser, no fim, dado a outro ator. Nos teatros, disse ele, nada acontece de acordo com um planejamento, nenhum plano é posto em prática da maneira como foi concebido. Aquilo que, no final, é encenado e visto é sempre e tão somente um compromisso, um compromisso preguiçoso. Na sua idade, porém, um ator como ele já se acostumou a isso faz muito tempo e convive com esse fato, disse. *Mesmo no Burgtheater, o palco mais importante da Europa*, nas palavras dele, *concretizam-se apenas esses compromissos, no final das contas. Mas que compromissos!* — acrescentou, querendo dizer que, *no Burgtheater, esses compromissos resultam ainda e sempre em grande teatro*; afinal, tudo que fracassava no Burgtheater seguia sendo Burgtheater, afirmou, querendo dizer com isso que, ao fim e ao cabo, mesmo no fracasso, o que se via era o que ele caracterizava como *grande teatro*, porque era o *Burgtheater*. Era ridículo o que estava dizendo. Enquanto eu, de cansaço, mal conseguia manter os olhos abertos, o ator do Burg de repente, era óbvio, não estava nem um pouco cansado; todos estavam cansados, cansados por causa do dia extenuante, sobretudo por causa do enterro de Joana e, depois, por causa da espera enervante pelo ator, pelo qual todos haviam esperado mais de duas horas. E o ator do Burg seguiu dizendo que, para um papel como o do Ekdal, era preciso dedicar quase meio ano, renunciar a tudo mais durante esse meio ano, ou seja, *um papel como o do Ekdal exige dedicação exclusiva*, nos priva de todos os confortos *enquanto o ensaiamos*, como ele se expressou, e em última instância não era prazer nenhum passar semanas numa cabana nas montanhas do Tirol, trancar-se nessa cabana por causa de um tal Ekdal, passar mais ou menos a pão, água e sopa de ervilhas, dormir numa cama ruim, quase o tempo todo sem nem se lavar direito, e depois, as pessoas, os espectadores, nas palavras dele, não tinham a menor ideia daquilo tudo e nem sequer recompensavam o esforço. *Mesmo quando aplaudem e o sucesso é grande, como o desse Ekdal*, disse o ator do Burg, *o preço de tamanha dedicação, de todo esse sacrifício enfim, posso dizer*, disse ele, *é alto demais.* Mas o destino do ator não era outra coisa senão o de um *sacrificado*, disse, querendo dar um tom irônico à afirmação, o que não conseguiu, porque ficou claro para todos que falava sério. Um Ekdal como aquele, prosseguiu, exigia tudo de um ator. *Em primeiro lugar, penetrar no texto literário*, disse, *mas de que forma? Depois, compreender de fato o poeta e compreender de fato o papel, além do longo período de ensaios*, que lhe custara o outono e o inverno inteiros. Começamos a ensaiar no final de agosto, disse, e ao terminar de ensaiar nem nos damos conta de que já é de novo primavera. Com Shakespeare é bem diferente, disse ele, sem dizer *por que* era bem diferente de Ibsen. Ou de Strindberg. Durante os ensaios, quando não estava atuando em outra peça e tinha, portanto, espetáculo à noite, continuou, ia dormir às dez e acordava às seis da manhã. O texto, *decorava* diante da *janela aberta*, caminhando de um lado a outro do quarto de dormir. Eu não ser casado sempre foi uma vantagem, disse de repente. Caminho pelo quarto mais ou menos das sete às onze, decorando o texto. Vou ao ensaio com o texto na ponta da língua, disse. Desde o primeiro momento do ensaio, sei o texto todo de cor, o que sempre espanta os diretores, disse o ator do Burg. A maioria dos atores chega para o ensaio e não sabe o texto, disse. Eu sempre tenho o texto todo na cabeça quando o ensaio começa. Mas é nojento quando os colegas não sabem o texto. Isso é nojento, repetiu ele, e serviu-se de mais um pedaço da perca, cujo molho continha alcaparras em excesso. Se eu não tivesse construído minha casa em Grinzing em 1954, quem é que sabe se não teria algum dia ido fazer teatro na Alemanha? — conjecturou o ator do Burg. As ofertas foram *numerosas*. Eu poderia ter ido para Berlim, Colônia, Zurique. Mas o que são todas essas cidades perto de Viena? — perguntou. Nós detestamos esta cidade, mas a amamos como a nenhuma outra, disse. Assim como, admito, detestamos o Burgtheater, mas o amamos como a nenhum outro. E, enquanto ele dizia que teria sido *inteiramente impossível prever o sucesso desse Ekdal*, observei a escritora Jeannie Billroth já inquieta por se sentir preterida, por não poder ser o centro das atenções, como sempre queria ser, e por não ter conseguido falar até agora, graças às reflexões do ator do Burg; embora constantemente quisesse dizer alguma coisa, não tinha podido dizer nada até o momento. Diversas vezes ela quisera fazer uma observação pessoal à observação do ator do Burg, mas o ator do Burg não lhe dera oportunidade. Agora, contudo, enquanto ele dizia que o Ekdal era o papel mais difícil que ele já ensaiara e interpretara, ela disse que achava o Edgar de Strindberg mais difícil, *o Edgar é muito mais difícil que o Ekdal*, ela disse, ou pelo menos, quando lia o Edgar, ela sempre tinha a impressão de que ele era muito mais difícil que o Ekdal, nunca tinha considerado o Ekdal um papel difícil; à parte o fato de que todos os papéis, fossem quais fossem, eram difíceis a quem desejava interpretá-los bem e os interpretava bem, a leitura sempre lhe dera a impressão de que o Edgar era muito mais difícil que o Ekdal. *Não!* — exclamou o ator do Burg —, *o papel mais difícil é o Ekdal, isso está mais do que claro*. Nisso, ela não podia concordar com o ator do

Burg, replicou Jeannie Billroth, dando a perceber que já cursara teatro, *aliás, com o famoso professor Kindermann*, ou seja, disse outra vez nessa noite o que sempre dizia nessas oportunidades: que tinha sido aluna do Kindermann; talvez um ator só pudesse pensar, disse Jeannie Billroth, que o Ekdal era o papel mais difícil, quando, na verdade, o mais difícil era, afinal, o Edgar. Não, disse o ator do Burg à escritora Jeannie Billroth. E, sabe?, prosseguiu ele, quando se é ator há décadas, como é o meu caso, e ainda por cima tendo feito apenas papéis principais no Burgtheater desde sabe-se lá quando, a gente sabe o que está dizendo. Os estudiosos naturalmente têm outra visão do teatro, disse o ator do Burg, mas não resta nenhuma dúvida de que o Ekdal é o papel mais difícil, e o Edgar, o mais fácil — mais fácil no que tange à interpretação, não se esqueça, disse o ator do Burg a Jeannie Billroth. Esta não se contentou com o que o ator do Burg acabara de lhe dizer e revidou que, pelo contrário, desde que Edgar e Ekdal existiam, sempre se havia demonstrado que o Ekdal era o papel mais fácil de representar, e não o Edgar. Aquilo era o que Kindermann, seu professor, havia, aliás, estabelecido com toda a clareza num texto, um texto de Kindermann intitulado *Edgar e Ekdal: uma comparação*, o ator do Burg não o havia lido? — perguntou Jeannie Billroth, ao que o ator do Burg respondeu que não conhecia aquele texto do Kindermann. Era uma pena, ponderou Jeannie Billroth, porque, se o ator do Burg tivesse lido as explanações de Kindermann sobre o Edgar (de Strindberg) e o Ekdal (de Ibsen) antes de começar a ensaiar o Ekdal, ele teria se poupado de *muitos dissabores* ao se aprofundar em *O pato selvagem*, e o Auersberger, que o tempo todo também estivera à espreita para em algum momento dizer alguma coisa, de repente completou: *e de passar semanas naquela cabana nas montanhas!* — ao que o próprio ator do Burg de súbito manifestou seu desejo de mudar de assunto, dizendo que, a caminho da Gentzgasse, tinha perdido uma luva. Se já não estivesse atrasado demais para o jantar na Gentzgasse, teria dado meia-volta para ir procurar a luva perdida. Mas, dado o atraso, não pudera retornar, para *não torturar ainda mais* os Auersberger. As pessoas não sabem no que estão se metendo, disse ele, quando o convidam para jantar. É fácil fazer o convite, mas o que ele significa, isso os anfitriões só ficam sabendo quando percebem que, à meia-noite e meia, o convidado ainda não chegou. *Pois é, a vida de ator tem dessas coisas*, disse o ator do Burg, como se fosse uma frase que vivia dizendo quando constrangido. A Auersberger, que mandara servir uma segunda rodada da perca assada, disse que era lamentável o ator do Burg ter perdido uma luva a caminho da Gentzgasse, porque perder *uma* luva, opinou, era tão ruim quanto perder as duas, já que a luva restante não servia para nada. Sim, concordaram todos à mesa, todos já tinham perdido uma luva algum dia e pensado a mesma coisa. Talvez alguém já tivesse achado a luva e devolvido. *Sim, mas devolvido onde?* — o Auersberger perguntou à mulher, irrompendo numa gargalhada que logo convidou todos os demais a gargalhar também, e todos riram da pergunta do Auersberger a sua mulher sobre quem teria devolvido ou poderia ainda devolver a luva perdida e onde, e, a seguir, cada uma das pessoas à mesa pôs-se de fato a contar a história de *sua própria* luva, porque todas ali já haviam algum dia perdido uma luva e sentido a perda dessa única luva tão dolorosamente quanto a perda do par inteiro. De resto, nenhuma delas jamais encontrara a luva perdida, nenhuma das luvas perdidas jamais havia sido devolvida, relataram. Bom, se foi apenas um par de luvas comuns, observou a Auersberger e pôs-se a contar a história de suas próprias luvas. Cerca de vinte anos antes, principiou ela, esquecera suas luvas pretas de gala no toalete do Teatro de Josefstadt. *As duas luvas*, ressaltou olhando em torno. *O homem dilacerado* estava em cartaz, *aliás, uma das melhores peças de Nestroy*, na opinião dela. No intervalo, esquecera as luvas de gala no toalete e, depois do espetáculo, tinha corrido para lá, acreditando que suas luvas seguiam sobre o toucador do banheiro. *Naturalmente, em Josefstadt eu podia com certeza imaginar que minhas luvas ainda estariam lá*, disse ela. *Mas tinham sumido*. A mulher que cuidava do toalete nada sabia sobre luvas esquecidas, contou a Auersberger. E, imaginem só, disse então, duas semanas depois do espetáculo enviaram-me minhas luvas de gala. Anonimamente, completou, recostando-se por um momento em sua cadeira estilo Empire, anonimamente e com um cartãozinho no qual se lia *Cordiais saudações*. Até hoje não sei quem me enviou as luvas de volta, disse ela; pouco depois, o ator do Burg voltou-se para a Auersberger e disse: *Excepcional esta perca, uma verdadeira perca do lago Balaton*, e os demais convidados deram a entender que tinham a mesma impressão, que a perca que estavam comendo era de fato uma verdadeira perca do lago Balaton. *Sabe*, disse o ator do Burg, que de tempos em tempos limpava a boca barbuda com o guardanapo preso na gola, *a vida de ator tem dessas coisas*. Uma vez, há mais de vinte anos, me apresentei em Munique, *fui substituir um ator, como se diz*, disse ele — no fundo, nada digno de menção, fui fazer um Heinrich, disse ele —, e lá, na Kaufingerstraße, topei com um colega que conhecia de outros tempos, de antes da guerra, com quem, aliás, tinha dividido um apartamento sublocado e sem calefação na Lerchenfelderstraße, havia ratazanas, como bem se pode imaginar, não tinha o que comer, disse, vocês sabem como era naquela época, os americanos ainda não haviam chegado, os russos já estavam ali, Renner estava no poder, vocês sabem, e perguntei então ao colega por que ele tinha ido embora de Viena. Bom, respondeu ele, porque estou com Viena até o pescoço. Mas e Munique? — perguntei, prosseguiu o ator do Burg, que tinha outra vez acabado de limpar a boca barbuda. E o colega me respondeu: Estou até o pescoço com Munique também! Ora, então você podia ter ficado em Viena, se já está com Munique até o pescoço!, eu disse ao colega, disse o ator do Burg. Aliás, na época, esse colega estava no Residenztheater, fazia papéis semelhantes aos meus, continuou o ator do Burg, tinha a voz um pouco aguda para tanto, uma voz mais para Strindberg, penso eu, disse o ator do Burg, uma voz bem para Strindberg, não para uma personagem de Ibsen, Goethe, sim, Shakespeare, não, para uma personagem de Ibsen, não, talvez para Molière, mas não para Nestroy, Nestroy, não, disse ele, e sempre um pouco gordinho demais também, um estilo de vida desregrado, disse o ator do Burg, natural de Vöcklabruck, fundamentalmente provinciano, mas boa gente, voz um tanto aguda demais, casou cedo, teve um filho e se separou, esteve um bom tempo no Volkstheater, disse o ator do Burg. Enfim, então você podia ter ficado em Viena, eu disse a ele, prosseguiu o ator do Burg. Tinha um tique curioso no rosto, o colega, uma pessoa cheia de humor, mas sempre torrava tudo, um tipo relaxado, bem relaxado, disse o ator do Burg. Eu disse a ele que estava ensaiando o Edgar. Sim, o Edgar, disse ele. Não me interessa, disse ele. Não interessa?, eu disse, não interessa? Fazia um frio gelado, eu estava sem luvas, congelando o tempo todo. Estou ensaiando o Edgar, eu disse outra vez, mas ele já nem prestava atenção. O Edgar, estou ensaiando o Edgar!, gritei, disse o ator do Burg. Depois, dei meia-volta e o deixei lá. Uma boa pessoa, disse o ator do Burg engolindo uma colherada do molho da perca. No dia seguinte, li no *Abendzeitung* que ele tinha se matado. Na Kaufingerstraße, onde morava, o que eu não sabia. *Enforcado!*, escandiu o ator do Burg. Atores estão predestinados a se matar, se enforcar!, disse o ator do Burg. Eu não sou do tipo suicida, disse ele, não, de jeito nenhum, de jeito nenhum. Mas quando penso em quantos na minha profissão já se mataram! Gente muito talentosa, muito, disse o ator do Burg, *pessoas com talento para serem grandes comediantes*, disse ele, mas elas se matam. Fui o último a falar com ele, disse o ator do Burg. Um amigo da juventude. Os melhores se matam, disse ele, bebendo um gole da taça de vinho branco. O clima sempre tem um papel muito importante num suicídio, disse ele. De resto, disse o ator do Burg, agora melancólico por causa da história do ator que se matara em Munique e tendo se lembrado de que Joana — que ele não conhecia mas que todos à mesa conheciam — se matou semana passada e foi enterrada ainda nessa tarde em Kilb (o que, penso eu, com certeza ficara sabendo pelos Auersberger), de resto, disse o ator do Burg, *vi essa Joana uma vez, sim, quando ela fez uma palestra no Burgtheater sobre sua assim chamada arte do movimento*. Tenho dela uma lembrança muito clara, disse ele, de súbito assumindo uma postura enlutada, modulando inclusive a voz para um tom enlutado, uma pessoa talentosa, disse ele, mas completamente fora de lugar no Burgtheater. Aquele curso foi uma ideia infeliz, disse o ator do Burg, acrescentando que, no presente ano, já tinha estado várias vezes em enterros de colegas, *uma mortandade de atores como nunca vi*, disse, e uma *grande mortandade de cabaretistas também*, emendou. Bem, disse ele diretamente à escritora Jeannie Billroth, perder a amiga de toda uma vida, sei bem o que isso significa. Mas, numa certa idade, perdemos todos aqueles que têm alguma importância para nós, aqueles que amamos. Bebeu, então, outro gole de sua taça de vinho branco, que a Auersberger tornou a encher. Se pelo menos a morte é rápida, prosseguiu; não há nada mais repugnante que uma longa enfermidade. Cair morto, eis aí uma morte afortunada, disse ele. Mas não sou do tipo que se suicida, repetiu. Mulheres se matam mais do que homens, disse ele, ao que a escritora Jeannie Billroth rebateu que não era assim, que, estatisticamente, estava provado que, a cada ano, o número de homens que se matava era o dobro do de mulheres. Suicídio é coisa de homens, ela disse. E disse ter lido um estudo sobre o suicídio na Áustria do qual se depreendia que, anualmente, o *percentual de suicídio em relação ao número de habitantes*, como ela disse, era maior na Áustria do que em qualquer outro país europeu. A Hungria tinha a segunda maior taxa de suicídios, e a Suécia, a terceira. E, na Áustria, são sobretudo as pessoas de Salzburgo que se suicidam; curiosamente, disse, as que vivem nas regiões mais belas, por assim dizer, são as que mais cometem suicídio. *Os da Estíria adoram se suicidar*, opinou o Auersberger, que a essa altura já estava quase completamente bêbado e, na verdade, era a agitação em pessoa, devo dizer. A seguir, ele disse ainda ao ator do Burg que ele, Auersberger, se admirava de tão poucos atores do Burg se matarem, porque tinham todas as razões para tanto. Enquanto dizia isso, o próprio Auersberger caiu na gargalhada com o que estava dizendo, o que, no entanto, só embaraçou a todos, tanto assim que o puniram, por assim dizer, com o olhar; eu próprio dei uma risadinha e pensei comigo que, por mais nojento que sempre se mostrasse, havia nele de vez em quando certa espirituosidade de comediante que fazia rir até a mim, que nem sempre aprecio piadas. O que você quer dizer com isso?, perguntou o ator do Burg. É muito simples, respondeu o Auersberger: se os atores do Burg vissem o péssimo teatro que fazem, haveriam de se matar, todos eles. Com exceção da sua pessoa, completou o Auersberger, esvaziando sua taça de vinho. É, mas, diga-me, respondeu o ator do Burg, se você tem essa opinião do Burgtheater, por que ainda vai lá? Ao que o Auersberger replicou que não ia mais ao Burgtheater fazia dez anos. A Auersberger corrigiu o marido instantaneamente, dizendo que estivera lá com ele havia apenas duas semanas para ver *O esbanjador*. *Ah, sim, O esbanjador*, disse o Auersberger, *um espetáculo tão ruim que me revirou o estômago e que esqueci em seguida*. O ator do Burg não soube de imediato como reagir ao Auersberger. O Burgtheater sempre teve inimigos, como, afinal, tudo que há de melhor, disse ele. Sempre foi hostilizado sobretudo por aqueles que queriam de todo modo fazer parte dele mas foram recusados. Todos os atores não contratados por ele, disse o ator do Burg, xingam o Burgtheater até serem contratados. Isso sempre foi assim. O extraordinário sempre atrai hostilidade, disse. O ódio ao Burgtheater é um velho conhecido dos vienenses, disse ele, assim como o ódio à Staatsoper. Até mesmo os superintendentes odeiam o Burgtheater e zombam dele, até chegarem a superintendente do Burgtheater, disse, o que conseguem pela via de continuadas práticas vis e inescrupulosas. Não, não, prosseguiu o ator do Burg, onde é que você vai encontrar uma encenação de *O pato selvagem* como a que apresentamos neste momento no Akademietheater? Em parte alguma. Pode procurar onde quiser, uma encenação como essa de *O pato selvagem* não existe em nenhum outro lugar. Em nenhum outro lugar? — replicou o Auersberger, mas se você mesmo disse há pouco que esse *O pato selvagem* do Akademietheater é um fracasso, que só seu Ekdal é bem-sucedido; como escreveram os críticos, seu Ekdal é grandioso, mas a montagem em si não vale nada. Também não se pode dizer isso, respondeu o ator do Burg, não se pode dizer que esse *O pato selvagem* não vale nada, ainda que tenha, sim, fracassado. Mas mesmo esse *O pato selvagem* fracassado ainda é *muito melhor que todos os outros que já vi, e vi todas as montagens de O pato selvagem levadas ao palco nas últimas décadas.* Vi *O pato selvagem* em Berlim, o primeiro *O pato selvagem* do pós-guerra, disse o ator do Burg, no Freie Volksbühne, mas vi também *O pato selvagem* no Schillertheater. Todas elas, encenações fracassadas, disse o ator do Burg, inclusive as de Munique e Stuttgart. O teatro alemão só é elogiado por pessoas muito incompetentes, que nem sabem o que é teatro. Gente imatura, que faz o *jornalismo da moda*, disse o ator do Burg. Não, não, esse *O pato selvagem* do Akademietheater é o melhor *O pato selvagem* que já vi, e não estou sendo parcial, disse, ainda que esteja fazendo o Ekdal nesse *O pato selvagem*: é, de longe, o melhor. Uma vez, vi *O pato selvagem* em Estocolmo, disse o ator do Burg, em sueco *O pato selvagem* chama-se *Vildanden*. Não gostei nem um pouco. Achei que precisava ir a Estocolmo *para ver o melhor O pato selvagem que se pode ver*, mas aquele *O pato selvagem* foi uma decepção só. Não é verdade que os teatros nórdicos são os que mais bem encenam as peças nórdicas. Certa ocasião, vi uma montagem de *O pato selvagem* em Augsburgo de que gostei muito mais. Naturalmente, tudo em *O pato selvagem* depende do Ekdal. Se o Ekdal é ruim, a peça toda, a encenação toda é ruim. Não pense você que é em Salzburgo ou Viena que vai ouvir e ver o Mozart ideal. As pessoas sempre incorrem nesse erro de acreditar que as peças são mais bem encenadas em seu local de origem; de jeito nenhum, muito pelo contrário. Uma vez, vi um Molière em Hamburgo como ele jamais foi encenado em Paris. E um Shakespeare em Colônia que superava em muito todas as montagens inglesas de Shakespeare. Claro que um bom Nestroy você só pode ver aqui, em Viena, disse o ator do Burg, ao que o Auersberger revidou *mas com certeza não no Burgtheater*. E o ator do Burg concedeu: *Nisso, é possível que você tenha razão. Tenho de lhe dar razão nesse ponto. No Burgtheater, até hoje nunca se viu uma encenação bem-sucedida de um bom Nestroy. Mas, afinal, onde se pode ver um bom Nestroy? Por certo, não no Volkstheater, que seria seu lugar.* Claro que não no Volkstheater, disse o Auersberger, e sim *no Karltheater*, completou, *mas o Karltheater foi demolido há quase trinta anos*. Pois é, concordou o ator do Burg, é uma pena que tenham demolido o Karltheater. De certo modo, ao demolir o Karltheater, demoliram com ele o Nestroy, observou o ator do Burg, não sem alguma sagacidade, referindo-se à estupidez dos responsáveis pela administração municipal de Viena, que carregam na consciência quase todos os teatros demolidos na cidade. Depois da guerra, mais da metade dos teatros vienenses foi demolida, disse o Auersberger. Sim, e por motivos fúteis, opinou o ator do Burg. Os melhores teatros foram demolidos, acrescentou o Auersberger. Infelizmente, infelizmente, disse o ator do Burg, você está coberto de razão. Em Viena, demole-se sempre o melhor, continuou o Auersberger, os vienenses sempre demolem o melhor, mas não notam, ao demolir, que estão demolindo o melhor; só vão notar depois que demoliram o que havia de melhor. Os vienenses são todos demolidores, disse o Auersberger, demolidores e destruidores. Você está coberto de razão, concordou o ator do Burg, que tinha parado de comer mas seguia aceitando que a Auersberger lhe servisse nova taça de vinho. Se um edifício vienense é especialmente bonito, ele com certeza logo será demolido, disse o ator do Burg. Tanto faz se se trata de um edifício ou de uma instituição especialmente bela ou bem-sucedida, os vienenses não têm sossego até demolir esse edifício ou essa instituição. E fazem o mesmo com as pessoas, prosseguiu o ator do Burg, não podem ver alguém bom ou importante que o derrubam da noite para o dia, como um monumento que nem sabem terem sido eles próprios a erigir. *Meu Ekdal é, de certo modo, visto de uma perspectiva filosófica*, disse o ator do Burg. *Mas quando você lê os textos sobre Ibsen, não passa a entendê-lo melhor, ao contrário, eles só confundem a cabeça. E não se pode abordar um papel tão delicado com uma cabeça confusa*, disse o ator do Burg. O jovem Werle, o Gregers, disse o ator do Burg, esse, sim, teria sido um papel para mim trinta anos atrás, ou mesmo vinte, talvez. Eu o teria representado com muito prazer, disse o ator do Burg, mas sempre que estava prestes a fazê-lo, cancelavam *O pato selvagem*. Para mim, o Gregers teria sido ainda melhor, disse o ator do Burg e olhou em torno. Eu tive a impressão de que, à exceção de Jeannie Billroth, que havia acabado de admitir que tinha lido e visto *O pato selvagem* fazia pouco tempo, ninguém sabia do que o ator do Burg estava falando. A rigor, teria feito o Gregers, e não o Ekdal, continuou o ator do Burg, e ninguém à mesa com certeza sabia o que ele estava querendo dizer, do que estava falando. Na verdade, o Gregers era meu sonho. Recebi uma proposta para fazer o Gregers em Düsseldorf, mas, na época, recusei, porque não queria sair de Viena. Quem é que sabe? Se tivesse ido para Düsseldorf para fazer o Gregers, talvez tivesse perdido meu contrato com o Burgtheater. Eu só podia estar feliz por ter me tornado ator do Burgtheater, disse ele. Mas lamentei a vida toda ter renunciado ao Gregers. Só me ofereceram o papel essa única vez. Sempre pensei "um dia faço o Gregers". Mas nunca mais aconteceu. Se recusamos uma oportunidade como essa, disse o ator do Burg, ela não aparece de novo. *Teatro psicológico*, disse então o ator do Burg recostando-se na cadeira, depois de a Auersberger lhe ter oferecido um charuto que ele próprio acendeu, recusando de forma mais ou menos abrupta que o acendessem para ele, o que a Auersberger já estava prestes a fazer. Queremos sempre o máximo, mas não o alcançamos só porque é o que queremos, disse o ator do Burg, e o fez como se a frase não fosse dele, e sim uma citação, talvez de uma peça qualquer. Enquanto, no momento, ele fazia o Ekdal com tanto sucesso, já se preparava para seu papel seguinte, disse. Uma peça inglesa, disse, um diretor inglês estava vindo de Londres para Viena, e os ensaios começariam na semana seguinte. Uma *conversation piece* inglesa, mas não de Oscar Wilde, disse ele, não, não. Tampouco de Shaw. Claro que não. *Contemporânea!*, exclamou, *contemporânea!* Para fazer rir, mas profunda! Aliás, se passa no meio teatral. Ele iria fazer um escritor que se casa com uma mulher da alta nobreza. Nada propriamente de primeira classe, disse ele, mas uma peça divertida e nada idiota, nem um pouco idiota, à moda inglesa simplesmente: muita diversão, pouca complicação, disse. Uma tradução desleixada, disse ele, mas vou acertando o texto. *Se pelo menos tivéssemos um poeta!*, exclamou de súbito o ator do Burg, *mas não temos nenhum*, na Alemanha toda, nenhum, para não falar na Áustria, nem vou mencionar a Suíça. Ou seja, só os estrangeiros são montados, ingleses, franceses, poloneses, disse o ator do Burg. É uma tristeza, lamentou. Em vinte anos, nem uma única peça que valha a pena ler, disse ele. Extinguiram-se os talentos dramáticos em língua alemã, disse, recostando-se na cadeira e soprando a fumaça do charuto na direção do Auersberger, que começou a tossir. É provável que a nossa não seja uma época para dramaturgos, disse ele. Quando surge um talento, em pouco tempo ele se revela talento nenhum, disse. A imprensa elogia cada porcaria, disse ele. É inacreditável tudo que hoje chamam de talento, e, mais do que isso, tudo que hoje se considera ser arte dramática. Era nojento o que ele estava dizendo. Sabe, você não faz ideia do que é precisar ir ensaiar com pessoas sem talento, ter de se esfalfar por semanas e, às vezes, meses. Hoje, os jovens atores são todos mimados, disse ele, os jornais escrevem a todo momento que seriam talentosos, gênios, ao passo que eles nada mais são que gente sem talento, efetivamente não têm o menor talento, o que mais sobressai neles é, na verdade, apenas a preguiça. Como, aliás, toda essa juventude de hoje é absolutamente *mimada, foi mal--acostumada da maneira mais burra*, disse o ator do Burg. Precisamente durante o trabalho em *O pato selvagem*, pude ver onde essa juventude falha. Falta de disciplina é, aparentemente, o princípio supremo, disse o ator do Burg. Mas o Gregers, afinal, é excelente, dizia agora Jeannie Billroth, ao que o ator do Burg retrucou que todos diziam que esse Gregers era bom, eu não entendo o que veem nele, um Gregers mediano, é o que eu acho, um Gregers absolutamente mediano, disse o ator do Burg, um verdadeiro equívoco na escolha do elenco. Como só a escritora Jeannie Billroth tinha visto *O pato selvagem* no Akademietheater, e os demais nem sequer soubessem o que era de fato *O pato selvagem*, tendo descoberto somente com o passar do tempo que se tratava de uma peça de teatro, estavam condenados ao silêncio; vez por outra concordavam com um aceno da cabeça, olhavam diretamente nos olhos do ator do Burg ou desviavam momentaneamente o olhar para o tampo da mesa, ou ainda, em seu beco sem saída, simplesmente para a pessoa sentada defronte deles; não tinham a menor chance de tomar parte no espetáculo oferecido pelo ator do Burg, tão desenvolto porque não havia quem o contivesse, pelo contrário: a Auersberger volta e meia o encorajava a falar, e, como ele tivesse acabado de chegar do espetáculo, era natural que falasse sem cessar de *O pato selvagem* no Akademietheater e de tudo que tinha a ver com a peça. Era mesmo um milagre que *O pato selvagem* tivesse sido montada em Viena, e ele sublinhou várias vezes o fato de a peça *ter sido montada*, porque *montar O pato selvagem* em Viena era *uma ousadia*. Afinal, *era uma peça moderna*, disse ele, não se furtando ao descaramento de dizê-lo acerca de uma peça que tinha acabado de completar cem anos e que, passados cem anos, seguia sendo tão grandiosa como quando de seu surgimento; caracterizá-la, porém, como moderna é sem dúvida um disparate. Pôr o público vienense frente a frente com *O pato selvagem* não era apenas uma *ousadia*, disse o ator do Burg, mas era também *um risco muito grande*. Os vienenses simplesmente não *embarcam na modernidade*, como ele se exprimiu, jamais haviam embarcado na chamada modernidade, sempre preferiam ir ver apenas as peças clássicas, e *O pato selvagem* não era uma peça clássica, era uma peça moderna, embora, acrescentou, fosse possível que um dia viesse a *se tornar* uma peça clássica, que Ibsen *se tornasse* um clássico, como Strindberg, disse o ator do Burg. Ele às vezes tinha a sensação de que Strindberg era melhor dramaturgo que Ibsen, mas outras vezes tinha também a sensação contrária, de que Ibsen era superior a Strindberg e tinha maior possibilidade de se tornar um clássico. Às vezes, penso que é o caso de *Senhorita Júlia*; outras vezes, de uma peça como *O pato selvagem*. Mas, se atribuímos importância demasiada a Strindberg, disse ele, nos fazemos culpados perante Ibsen, assim como nos fazemos culpados perante Strindberg quando damos importância demasiada a Ibsen. Pessoalmente, afirmou, ele amava *o modo nórdico de escrever, de fazer teatro*. Assim como sempre tinha amado Edvard Munch, *sempre amei O grito*, disse, *O grito, que todos vocês com certeza conhecem*, disse ele, *que obra de arte extraordinária*. Fui a Oslo especialmente para ver *O grito*, contou, quando *O grito* ainda estava em Oslo. Isso não significa que tenho preferência pelos países escandinavos, disse. Lá, sempre senti saudade do Sul, pelo menos da Alemanha, disse. Estocolmo, que cidade erma, isso para nem falar de Oslo, enervante, disse, de acabar com os nervos. Copenhague, vá lá. Atores jovens se acotovelam no Burgtheater, disse ele, e, ainda que não tenham nenhum talento, são aceitos, porque têm boas relações, porque um tio é diretor administrativo da Volksoper ou funcionário federal da administração dos teatros, disse. A tia trabalha no Ministério da Educação, e o sobrinho é contratado para o Burgtheater tão logo concluído o Max Reinhardt Seminar, continuou o ator do Burg, embora não tenha o menor talento. Depois, esses jovens de vinte anos ficam sentados nas salas de ensaio, atrapalhando o caminho de todo mundo, nada mais são que irritantes. *Na melhor das hipóteses, são talentos medianos*, que, com o tempo, disse o ator do Burg, não fazem senão atrofiar em nosso palco maior e roubam o lugar dos que têm talento de fato. Eu só posso aconselhar a um jovem de verdadeiro talento que jamais vá ao Burgtheater, porque aí estará caminhando diretamente, e já no início de seu desenvolvimento, para a destruição total, disse o ator do Burg, servindo-se do bolo de chocolate com amêndoas e creme de leite, o chamado *mouro de camisa*, no qual eu dera apenas uma única mordida, logo concluindo que se tratava de sobremesa pesada demais para ceia tão tardia. Todos os outros convidados, porém, comeram seu *mouro de camisa*, inclusive o ator do Burg, que, já na metade do dele, voltou a falar de *O pato selvagem*. Na verdade, era para eu ter feito *Wallenstein*, e de início, aliás, no novo Calderón, mas não deu em nada, graças a Deus, hoje tenho de dizer. Eu mesmo jamais tinha pensado que seria um tamanho sucesso, *um sucesso tão retumbante*, disse o ator do Burg. *O pato selvagem* no Akademietheater e, além disso, um sucesso; para ele, havia sido *surpresa total*. Em abril, faço minha viagem de férias obrigatória à Espanha, disse ele, Andaluzia, Sevilha, Granada, Ronda, disse, enquanto terminava de comer seu *mouro de camisa*. *Minha saudade da Espanha*, disse ele, ainda com o último pedaço do *mouro de camisa* na boca, e era quase incompreensível o que ele dizia com a boca cheia, inclusive quando, espantado consigo mesmo, pediu desculpa e engoliu o tal pedaço do *mouro de camisa*. Nos últimos anos, acostumei-me a fazer uma viagem à Espanha, voltei as costas, por assim dizer, à Itália. Em grande parte, a Espanha ainda permanece um país intacto, *escasso*, disse, limpando agora não apenas a boca barbuda, mas a barba toda e também a testa com o guardanapo. Carlos V, o Prado, disse ele, olhando em torno. *Não sou nenhum grande conhecedor de arte*, disse ele, *apenas um amante da arte, essa é a diferença*. Só de pensar na Itália, já me dá enjoo, disse; quando penso na Espanha, ao contrário, a sensação de prazer é imediata. Na Itália, tudo mais ou menos clama aos céus, disse ele; na Espanha, ainda se tem essa escassez, essa tranquilidade no que diz respeito à história, sabe? Uma viagem grande por ano faz bem a um ator, mas não precisa ser para a África, nem mesmo para o Caribe; para mim, o que me regenera é a Espanha, sobretudo a Mancha. E, acreditem ou não, disse ele, gosto muito das touradas. *Uma semelhança com Hemingway*, disse, *de fato uma semelhança com Hemingway*. Mas não sou um romântico como Hemingway foi, antes um homem da razão, disse o ator do Burg, não tenho uma concepção romântico-americana das touradas, e sim uma visão mais científica. O inescrutável não tem nada de romântico, disse. Tudo que é inescrutável não é romântico. Sim, prosseguiu ele de súbito, o suicídio é uma doença da moda do nosso tempo. *Eu* não sou do tipo suicida. *Joana, um nome espanhol*, duas vezes ele disse, *Joana, um nome espanhol*; depois, recostou-se na cadeira e quis saber do Auersberger se sua última cantata já havia sido publicada: *afinal, a Universal Edition publica todas as suas composições*, disse o ator do Burg. O Auersberger respondeu que *sim, ela publicou minha última cantata também*. E ela será apresentada em Viena?, perguntou o ator do Burg, ao que o Auersberger, sucessor de Webern, disse que *provavelmente não*, porque era *complexa* e, em Viena, não se podiam encontrar musicistas de primeira linha para interpretar sua *cantata*. *Nem na Konzerthaus nem na Musikverein*, completou o Auersberger, o sucessor de Webern, de cabeça bem erguida. *Em toda a Áustria, não há um único flautista capaz de tocá-la*, disse o Auersberger. Mas, em Londres, teve uma apresentação muito boa, segundo ouvi, disse o ator do Burg. *Sim*, confirmou o Auersberger, o sucessor de Webern, *só em Londres* era possível executar sua cantata *da maneira como* ele, Auersberger, imaginava, da maneira *ideal*, e a Auersberger repetiu em seguida a palavra "ideal", os dois disseram várias vezes a palavra "ideal", como se de repente *todos* tivessem dito a palavra "ideal", menos Jeannie Billroth. Sentada ali, ela ficou me observando o tempo todo enquanto o ator do Burg falava, e, durante esse tempo todo, não havia nela senão ódio por mim. Era agora inimaginável que, trinta ou mesmo vinte e cinco anos atrás, eu tenha lido poemas de Éluard em voz alta para ela enquanto acariciava a sola de seus pés no sofá, que tenha representado para ela cenas de Molière em seu quarto de dormir, com ela sentada mais ou menos nua na cama, sempre aquelas cenas curtas de Molière que ela me pedia, depois de claramente ter se entediado com minhas leituras de Joyce e Valéry, ou que tenha lido para ela aquelas cartas que o assim chamado Ernstl lhe havia escrito de Salzkammergut; só a mim ela queria ouvir lendo as tais cartas, pensei agora, *as mais íntimas*, como ela sempre dizia, e as mais íntimas que se podem imaginar, enquanto ela *me atravessava com seus olhares*, como se diz. Inimaginável que eu tenha passado horas lendo para ela um de seus romances, o que tanto a satisfazia quanto me enervava por horas, em altíssimo grau, e que eu tenha sido aquele que teve a ideia para o título do romance, ou seja, *O deserto da juventude*, título sob o qual, aliás, ele foi publicado mais tarde, infelizmente, pensei; inimaginável que eu tenha passeado durante horas com Jeannie no Prater, que tenha até mesmo certa vez andado com ela na roda-gigante, enquanto lhe falava de Pavese, Ungaretti e Pirandello; que tenha ido diversas vezes com ela a Kagran, a Kaisermühlen, à margem norte do Danúbio, portanto, porque, com ela, sempre me sentia atraído a atravessar a chamada Reichsbrücke, pensei. Inimaginável também que ela tenha sido *a primeira figura da arte* que conheci em Viena, depois de concluir os estudos em Salzburgo, pensei; que *ela* tenha sido a primeira a quem li meus poemas em Viena, e que não os tenha rejeitado de imediato, como costumava acontecer em Salzburgo, mas que tenha sido a primeira, portanto, a me infundir coragem literária, qualquer que tenha sido a razão para tanto, pensei agora. É inimaginável que eu tenha um dia amado Jeannie Billroth e que agora a odeie há mais de vinte anos, assim como, inversamente, ela a mim. As pessoas se encontram, se tornam amigas, não apenas mantêm essa amizade por anos a fio como a intensificam até a ruptura, quando então passam a se odiar por anos e, sob certas circunstâncias, pela vida toda, pensei. Durante anos fui à casa da Jeannie Billroth, pensei, enquanto o ator do Burg de repente oferecia agora anedotas, as chamadas anedotas teatrais, muito populares em Viena e capazes de manter viva toda reunião social vienense, que, do contrário, incorreria no risco de se extinguir logo logo, vitimada pela paralisia. A maioria das reuniões sociais vienenses só se sustenta por duas ou três horas noturnas porque nelas são servidas constantemente essas anedotas teatrais, como agora na Gentzgasse, nessa reunião que se autodenominava um *jantar artístico*, pensei. Foi, afinal, por intermédio da Jeannie Billroth que conheci os Auersberger, mediante os quais, por fim, conheci também Joana, pensei. E a assim chamada sobrinha do filósofo, Jeannie Billroth, conheci por intermédio de um filósofo que era amigo de meu avô e que eu outrora, há trinta anos, passando grande necessidade e já quase morto de fome, devo dizer, fui visitar na Maxinggasse de Hietzing. Naquela época, também a Maxinggasse de Hietzing foi minha salvação, disse a mim mesmo, a chamada *Johannstraußhaus*, edifício no qual morava esse filósofo amigo de meu avô e irmão de um fagotista e trompista da Filarmônica. Tendo chegado a Viena sem um tostão e prestes a morrer de fome, a efetivamente me aniquilar, empreguei minhas últimas forças para chegar à Maxinggasse, ao endereço que conhecia graças a meu avô e do qual esperava minha salvação, a última chance de salvar minha existência, pensei de novo agora, e a Maxinggasse me salvou, primeiramente com um gole de leite, depois com um jantar e, por fim, remetendo-me a uma escritora na Linke Wienzeile que me incumbiu de esvaziar seu porão, junto da Kettenbrücke, e me pagou tão bem por isso que, com esse dinheiro, consegui me manter por três dias com o nariz acima da linha d'água. Por meio dessa escritora, fiquei conhecendo a Jeannie Billroth, pensei agora, por intermédio, portanto, dessa poeta que morreu cedo e de quem li na época dois ou três poemas que não deixaram de surtir seu efeito em mim. Estive muitas vezes em Kilb com Jeannie, pensei agora, com quem ia visitar Joana; em Kilb, juntamente com Joana, Jeannie e Fritz, vivíamos indo à Zur Eisernen Hand, entre outros lugares, para comer, beber, jogar baralho, *para nos divertirmos*, pensei. Foi, afinal, Jeannie que me apresentou quase todos os grandes escritores do século XX, que me deu seus livros para ler, a Jeannie de então, pensei, e não a que estava agora sentada em minha frente e me odiava em silêncio pelo fato de, um dia, eu ter fugido dela para não ser engolido, como tornei a pensar agora. Se não tivesse fugido da Jeannie no auge de nosso relacionamento, por assim dizer, teria sem dúvida sido engolido por ela e, portanto, aniquilado, penso eu. Assim, de um dia para outro, não fui mais à casa dela, que ficava me esperando em vão. Foram centenas de tardes que passei em sua casa, enquanto seu Ernstl trabalhava no chamado *Instituto de Química*; por trás das cortinas fechadas, lia para ela as grandes obras dos grandes escritores do século XX, ou a ouvia ler para mim as grandes obras dos grandes escritores do século XX, pensei agora. Depois, quando seu Ernstl chegava em casa, ceávamos o chamado *prato frio* ou simplesmente tornávamos a requentar um gulache, que, requentado, era insuperável. E quando o Ernstl, cansado, ia se deitar, ela exigia que eu lesse de novo para ela Joyce ou Saint-John Perse ou Virginia Woolf, até me exaurir por completo, pensei agora. Da Jeannie, eu só ia para casa lá pelas duas da manhã, atravessava a Radetzkystraße e seguia ao longo do canal do Danúbio até Währing com a cabeça cheia de literatura universal. Nós nos agarramos por anos a uma pessoa, pensei, olhando agora de frente para a Jeannie, ficamos por fim completamente dependentes dessa pessoa que nos fascina, não apenas nos entregamos de corpo e alma a ela, como se diz, como ficamos também efetiva e inteiramente à sua mercê e, quando a deixamos, como acreditamos e como eu acreditava na época, sentimo-nos acabados; mas, um dia, não vamos mais até ela, não alegamos razão nenhuma para tanto, não dizemos por quê, nunca mais visitamos essa pessoa e passamos a, dali em diante, *evitá-la*, começamos a desprezá-la e mesmo a odiá-la, não a encontramos mais. E então a encontramos e mergulhamos numa irritação medonha, pensei agora, somos incapazes de controlar essa irritação. Todas essas pessoas que encontrei no enterro em Kilb me eram mais ou menos indiferentes, pensei agora, até mesmo o casal Auersberger, mas ter encontrado Jeannie me exasperou desde o primeiro momento. Eu tinha pensado em tudo ao viajar para Kilb, menos em Jeannie e *na possibilidade real e medonha* de encontrá-la. Pois lá estava ela, que inclusive me deu a mão no cemitério de Kilb, tinha ainda até mesmo um sorrisinho para mim, pensei agora, mas um sorrisinho mais ou menos *aniquilador*. É possível, porém, que eu a tenha saudado no cemitério de Kilb com um sorriso igualmente aniquilador. Odiei-a quando, à beira da cova aberta, ela desempenhou seu papel de velha amiga de Joana, pensei agora, aproximando-se da sepultura como nenhuma outra pessoa e, com um gesto refinado da mão, despejando ali a pá de terra que lhe passara o sacristão. Antes que ela me mate, pensei outrora, há quase trinta anos, vou fugir dela, não vou mais a sua casa, e, como se pode dizer, desapareci, *virei poeira*. Mas, ao contrário do que poderia parecer, não fui mesquinho, agi em legítima defesa, pelo medo de não sobreviver, pensei agora, dando de pronto a mim mesmo uma desculpa que não poderia esperar receber de mais ninguém, a não ser de mim mesmo, e que tampouco solicitei a outros. Nós encontramos uma pessoa no momento certo, absorvemos dela tudo que nos é importante, pensei, e a deixamos também no momento certo, pensei. Topei com Jeannie Billroth no momento certo e a deixei também no momento certo, pensei. Assim como sempre deixei todo mundo no momento certo e exato, pensei agora. Acompanhamos o estado de espírito de uma pessoa como Jeannie, seu estado de espírito e seu estado emocional; por algum tempo, assimilamos apenas e tão somente esse estado de espírito e esse estado emocional, e quando, então, acreditamos ter assimilado o bastante, quando, portanto, já estamos fartos dessa pessoa, rompemos o relacionamento com ela, como rompi simplesmente meu relacionamento com Jeannie. Durante anos, sugamos tudo de uma tal pessoa e, de súbito, dizemos que ela, essa pessoa a quem exaurimos quase por completo, é que *nos* suga. E temos então de nos haver a vida toda com essa vileza, pensei agora. E, tendo me separado da Jeannie, *lancei-me a velas despregadas*, por assim dizer, *rumo aos Auersberger* e, na verdade, a Joana; rompi com Jeannie, a quem, na época, devia quase tudo, muito simplesmente abandonei-a pelos Auersberger e por Joana; de início, por dois ou três anos, pelos Auersberger, que me fascinaram de imediato, depois por Joana, porque o fato é que no momento em que abandonei os Auersberger, no momento em que, por assim dizer, fugi deles, precipitei-me total e completamente, tenho de dizer, rumo a Joana; ou seja, depois de abrir mão interiormente e, depois, exteriormente da Gentzgasse e de Maria Zaal, precipitei-me rumo à Sebastiansplatz — e isso depois de, na Jeannie e por intermédio dela, ter conhecido a literatura do século XX, devo dizer, e de ter podido aprofundar esse conhecimento da maneira mais inacreditável com a ajuda dos Auersberger, isto é, depois de, graças à Jeannie e aos Auersberger, a chamada arte literária, e sobretudo a arte poética, do século XX de repente não mais constituir segredo nenhum para mim —, precipitei-me, pois, rumo às chamadas *artes plásticas*, voltei todo o meu interesse para essas assim chamadas artes plásticas, para o *exercício da arte dramática* e, naturalmente, porque somente aí Joana estava em seu verdadeiro elemento, para *a arte do movimento*, a dança, a *coreografia*, pensei agora. Olhando para trás, escolhi, portanto, um *desenvolvimento ideal* para mim, pensei agora sentado diante de Jeannie, escolhi esse desenvolvimento, pensei agora — ou seja, não é que tenha seguido esse desenvolvimento absolutamente ideal: escolhi eu mesmo esse desenvolvimento ideal, esse desenvolvimento artístico ideal para mim, segundo pensei agora. E gostei desse meu pensamento, sobretudo por causa desse conceito de *desenvolvimento artístico*, de súbito inteiramente corriqueiro para mim, penso. Meu desenvolvimento não poderia ter sido mais ideal, coerente, pensei agora, isto é, chegar primeiramente à escritora Jeannie Billroth, depois, aos Auersberger e, por fim, a Joana; e, com Jeannie, também a seu *químico, Ernstl*, e, com Joana, a seu tapeceiro, Fritz; não poderia ter tomado caminho mais afortunado, enquanto caminho ideal, pensei comigo. E, no entanto, agora odiava Jeannie, que, sentada diante de mim, me odiava também. Odiava com um ódio que, naturalmente, teria de ser analisado com precisão, segundo pensei, mas que eu não tinha vontade nenhuma de analisar, conforme pensei, ao passo que

Jeannie possivelmente já o havia analisado fazia muito tempo consigo mesma. E uma pessoa como ela acaba por escrever uma prosa sentimental sem valor nenhum, assim como poemas sentimentais sem nenhum valor, e termina por mergulhar inteiramente na grande cloaca da pequena burguesia, pensei. Veneramos uma pessoa, e a veneramos por anos, até que de repente a odiamos sem nem saber dizer, antes de mais nada, *por quê*. E sentimos como nada mais que algo insuportável e vil o fato de que essa pessoa, a quem veneramos por tanto tempo, se é que não a amamos de fato, de que essa pessoa, pois, que nos abriu olhos e ouvidos, por assim dizer, para tudo, isto é, para o mundo todo e sobretudo para o mundo da arte, no final das contas tenha produzido uma arte miserável, que tenha praticado um diletantismo horroroso, ao passo que, a nós, falava sem cessar apenas das *exigências mais elevadas*, de *exigências supremas*, além de nos ter encaminhado e educado por tantos anos para o mais elevado e para o supremo. Isso, simplesmente não compreendemos, que uma pessoa assim tenha, ela própria, produzido por fim apenas obras desprovidas de todo e qualquer valor, repulsivas, portanto, pensei agora, e não a perdoamos, porque, dessa forma, ela de fato nos ludibriou e enganou, iludiu-nos apenas com aquela chamada exigência suprema. Com seu próprio diletantismo, Jeannie ludibriou e enganou você, disse a mim mesmo, enquanto observava como ela agora, cheia de repulsa e ódio, suportava o espetáculo que o ator do Burg ainda e sempre seguia dando, recostado em sua cadeira como os outros, provavelmente esperando, como pensei, que a Auersberger desfizesse aquela reunião dos convivas à mesa, afinal já rija e inerte, e convocasse a todos de volta para a sala de música. Nada me é mais repugnante do que ouvir os vienenses contar seus casos, e agora tenho de suportar mais essa perversidade, pensei. De repente, a sala de jantar dos Auersberger pareceu-me um velório, provavelmente sobretudo porque, nesse meio-tempo, a Auersberger apagara por completo a luz elétrica, de forma que agora apenas os candelabros em estilo Empire, com suas velas de verdade, iluminavam a mesa do jantar. De todo o mobiliário da sala, viam-se agora apenas os contornos, e não mais como, na realidade, a sala era de uma beleza perversa, bela demais, como sempre pensei, via-se apenas a escuridão triste e teatral que combinava com todas aquelas pessoas reunidas ali e que agora, de fato, só esperavam ansiosas o sinal da Auersberger para partirem para as poltronas mais confortáveis da sala de música, numa atmosfera já mais ou menos carregada, de luto sobretudo em razão da morte de Joana, mas também pelo adiantado da hora, segundo pensei. De fato, agora já nem mesmo o ator do Burg sentia vontade de dizer alguma coisa. Ele afrouxou a gravata, abrindo o botão mais alto da camisa, e murmurou alguma coisa sobre ar fresco, ao que a Auersberger levantou-se de um salto para ir abrir uma janela. Ela abriu a janela que dava para o pátio, porque esperava receber dali vento mais fresco do que o que provinha da rua; foi até a sala de música e, de lá, retornou à sala de jantar, voltando a sentar-se à mesa. Esperava tudo de Joana, menos que ela se matasse, disse a Auersberger, depois de tornar a se acomodar. O ator do Burg voltou a falar do colega que tinha ido para Munique e que, *desde o início, havia sido um homem infeliz*, segundo disse; todos esses suicidas, disse o ator do Burg, sempre eram já desde o início pessoas infelizes, às vezes mais, às vezes menos, mas sempre infelizes, até que por fim se matavam, o que, na verdade, não surpreendia ninguém, observou. Lá atrás, ele achara uma maluquice a ideia de que Joana, a serviço da administração dos teatros austríacos, fosse ensinar os atores do Burgtheater a andar. Os funcionários da administração dos teatros austríacos sempre têm essas ideias malucas, disse ele, querem ajudar pessoas como Joana, disse, mas sempre vêm com uma ideia tão somente maluca. Os atores do Burg sabem andar, sabem também ficar de pé, sentados e deitados, disse ele, que se lembrava muito bem das observações de um *criticastro* vienense, como ele se expressou, que havia publicado no *Presse* que os atores do Burg não sabiam *andar nem falar*, ou *pelo menos não eram capazes de andar e falar ao mesmo tempo*. Quando um crítico escreve um tal absurdo, disse o ator do Burg, a administração dos teatros austríacos logo o acata e trata de contratar alguém para ensinar os atores do Burg a andar e falar, disse ele; na época, contrataram até mesmo um *logopedista*, a fim de que os atores do Burg aprendessem a falar, um absurdo, segundo o ator do Burg. Se, contudo, isso ajudou nossa querida Joana, completou, pelo menos serviu para alguma coisa. E enquanto o ator do Burg o dizia, ocorreu-me a maneira abjeta como Jeannie se comportara em Kilb, depois do enterro; é que, terminado o enterro, Jeannie foi até a merceeira e pôs na mão dela uma nota de cem xelins para pagar pelos telefonemas que ela havia feito de Kilb para a própria Jeannie, a fim de comunicar a morte de Joana. Nem bem a dez passos da cova aberta, Jeannie pôs a nota de cem xelins na mão da merceeira, pensei, pôs a nota de cem xelins *assim*, na mão da merceeira, num gesto de extremo mau gosto, de forma que a merceeira só podia se sentir ofendida, e se ofendeu de fato com aquela atitude repulsiva da Jeannie, porque, a uma pessoa como a merceeira, jamais ocorreria cobrar por um telefonema para comunicar a morte de uma amiga, e nada além disso, a, por assim dizer, outra amiga da falecida. Mas Jeannie sempre fez grosserias desse tipo, pensei, continua a mesma. Não bastasse isso, quando, depois do enterro, fui com a merceeira à Zur Eisernen Hand, para outra vez falar de Joana, Jeannie apareceu e teve o descaramento de, junto aos presentes ali que haviam ido ao enterro, mendigar pelo pobre John, que agora *estava sozinho* e *tinha de pagar* todas as despesas relativas ao sepultamento de Joana; não tinha um tostão, mas teria de arcar com todas as despesas relativas ao enterro de Joana; ela própria, Jeannie, seria a primeira a contribuir e *começaria*, como disse, com quinhentos xelins. Sempre bancava a boa samaritana, pensei agora, e isso me repugnava, porque não era um genuíno espírito samaritano que a movia, mas, antes, a prática de uma espécie nojenta de encenação social. Jeannie possuía a peculiaridade de querer mostrar aos outros que eles estavam errados, a vida toda exibiu péssimo caráter, um caráter oscilante, e sempre se valeu de todo e qualquer meio para alcançar seu objetivo, o que fez também em Kilb, depois do enterro de Joana. Não se *envergonhou*, como se pode dizer, de tomar nas mãos uma caixa vazia de charutos, enfiar nela uma nota de quinhentos xelins e, com ela, sair fazendo sua coleta entre os presentes ao funeral, sair mascateando, portanto, com uma expressão no rosto que, em vez de dinheiro para John, talvez pobre de fato, teria antes merecido bofetões. Ia de um a outro dos enlutados, estendia a caixa de charutos e conferia com atenção a soma que cada uma de suas vítimas estava disposta a depositar e efetivamente depositava nela. Todos acharam de mau gosto aquela cena, e curiosamente foi ninguém menos que justamente o Auersberger a externá-lo, pensei agora, que de súbito disse então na cara da Jeannie *que mau gosto, que mau gosto, que mau gosto você tem*. De fato, ele repetiu duas vezes esse *que mau gosto*, ou seja, disse-o três vezes e jogou uma nota de mil xelins na caixa de charutos dela. No fim, o dinheiro na caixa somava vários milhares de xelins e cento e vinte libras de minha parte, e a Jeannie aproximou-se de onde John, a merceeira e eu estávamos sentados e, diante de John, despejou sobre nossa mesa o conteúdo da caixa de charutos, o que fez como se fosse dinheiro *dela*, obra *dela*, portanto; a *obra de mau gosto* tinha de fato sido dela, pensei agora, mas não era seu dinheiro, de jeito nenhum, o mau gosto, sim, o dinheiro, não, disse então a mim mesmo, mas me abstive de dizer na cara dela a palavra que tinha na ponta da língua, a palavra apropriada: "nojento". A Virginia Woolf de Viena, pensei então, valeu-se do John para, de novo, fazer sua encenação social e, com ela, sujeitá-lo a um dos maiores constrangimentos de sua vida; ele teria preferido, como bem me lembro, engatinhar para debaixo da mesa da Zur Eisernen Hand, mas isso não lhe era possível. Pessoas como Jeannie Billroth, que um dia ao menos tiveram, sim, um elevado entendimento da arte, são completamente desprovidas de instinto no que diz respeito à vida real e ao convívio real com seres humanos, pensei. E não é só o fato de que, no curso de duas décadas, Jeannie tenha se transformado de uma artista que, de início, talvez até tivesse algum dom, de uma artista absolutamente talentosa, numa inescrupulosa hipócrita social pequeno-burguesa do tipo mais horroroso, pensei agora. Essa hipocrisia social sempre esteve nela, pensei, só que, no passado, há trinta e mesmo há vinte anos, todo o caráter repugnante dessa sua peculiaridade não me chamava a atenção de forma tão deprimente como hoje, pensei; naquela época, não me chamavam a atenção suas fraquezas e, portanto, tudo que ela possuía de repulsivo. Vemos durante muito tempo só um lado de uma pessoa, porque, em razão de nosso instinto de preservação, não queremos ver nenhum outro, pensei, até que, de súbito, vemos todos os lados dessa mesma pessoa e isso nos repugna, pensei. Fiquei mais de duas horas sentado na Zur Eisernen Hand e, então, me despedi, pouco depois de Jeannie partir de volta para Viena com os Auersberger. Ainda agora via de novo a triunfante coroa de abeto presa pelo laço prateado brilhante em que se lia *Da Jeannie*, a coroa que o sacristão depositara com precisão sobre o monte de flores à beira da cova aberta, de tal modo que todo mundo só via aquele nome, *Jeannie*; não que eu acredite que Jeannie tenha levado o sacristão a posicionar a coroa no local mais visível, realmente não acredito nisso, mas o fato de justamente a coroa de *Jeannie*, com seu *Da Jeannie*, ter sido colocada no local mais visível, isso percebi como característico de toda a atuação dela em Kilb. Ela foi também a única a rezar em voz alta juntamente com a população local, o que, de novo, foi algo que senti como quase insuportável, se considerar que Jeannie nem católica é e, pelo menos na minha presença, sempre assumiu uma postura tão somente de aviltamento da religião cristã. Fingiu devoção, isso foi o mais repulsivo na cerimônia, ninguém mais fingiu devoção daquela maneira nojenta, pensei. De resto, apresentou-se em Kilb como se tivesse sido *ela a melhor amiga de Joana*, ao passo que, na realidade, como sei, Jeannie a deixou na mão cerca de dez anos antes da morte de Joana, afastou-se dela no exato momento em que Fritz, o artista em evidência da Sebastiansplatz, a abandonou, ou seja, no momento em que a Sebastiansplatz se fez sombria, por assim dizer, em que ali não se davam mais festas, em que nada mais havia a tirar dali. Fez-se de amiga mais íntima, quando, a rigor, renegou Joana já há cerca de dez anos. Agora, mandava prender a coroa com aquele laço perverso, *Da Jeannie*, e acreditava poder apagar assim a década toda de infidelidade, pensei, e pensei também que ela me odeia, porque, contra a sua vontade, acabei virando escritor, tanto faz que tipo de escritor, mas escritor, isto é, um concorrente, e não ator, diretor teatral ou diretor de dramaturgia, que era o que ela queria e foi, provavelmente, a razão pela qual um dia, lá no início, ela me apresentou a Joana, pensei; ela queria de todo modo impedir que eu me tornasse escritor, pensei, e agora eu havia me tornado escritor, e ela me odiava por isso. Aos olhos dela, cometi um crime capital ao, afinal, me tornar, sim, escritor, sim, sim e sim, tenho de dizer e repetir sempre, tornei-me escritor, sim, e era o que ela o tempo todo queria impedir, pensei. E pensei no ódio com que, nos últimos vinte anos, ela me perseguiu em sua *Literatur in der Zeit*, pondo abaixo tudo que eu publicava ali, ou ao menos sempre tentando pôr abaixo tudo que eu escrevia. E quando não tentou ela própria pôr abaixo meus trabalhos publicados na *Literatur in der Zeit*, com artigos infames e em parágrafos difamatórios, não se furtou a arregimentar outros contra mim, escrevinhadores que dependiam dela para seu ganha-pão, pensei. Mas minha agitação agora era ridícula, agitando-me por causa de tamanho absurdo eu me fazia risível a mim mesmo, disse a mim mesmo diversas vezes, sempre de um modo que só *eu* podia ouvir, *é risível, você está se fazendo risível, você se fez risível a si mesmo. Que pessoa mais enojante você é*, disse a mim mesmo, e disse--o para dentro, de modo que ninguém pôde ouvir, e sempre e de novo numa irritação cada vez maior. *Você traiu a Jeannie, e não ela a você*, disse a mim mesmo várias vezes, repetindo--o sem cessar, até ficar completamente exausto. Já eram duas e meia da madrugada, e as pessoas seguiam todas sentadas na sala de jantar. E o ator do Burg seguia falando, todos ouviam com atenção; na verdade e a rigor, só ele falou durante todo esse *jantar artístico*, porque os outros estavam cansados demais para falar, só a Jeannie Billroth volta e meia dizia alguma coisa, algo, na minha opinião, sempre inapropriado, inútil, mas diversas vezes também uma vileza, uma baixeza, assim como o Auersberger e a Auersberger; dos demais — porque, afinal, outras sete, oito, dez ou doze pessoas compareceram ao *jantar artístico* —, ninguém disse coisa alguma, em momento algum; passei um bom tempo sem saber ao certo quantos tinham ido ao jantar e se eu os conhecia a todos, naturalmente que conhecia, mas não me ocupei deles, permaneceram o tempo todo nada mais que pano de fundo, pensei. A maioria das pessoas não nos interessa, era o que eu pensava o tempo todo, quase todo mundo que encontramos não nos interessa, são pessoas que não têm nada a oferecer a não ser a pobreza da massa, a burrice da massa, pessoas que nos entediam sempre e por toda parte, e naturalmente não temos nenhuma simpatia por elas. Por si mesmas, fizeram-se sem sentido e desinteressantes para nós, pensei, aos milhares, às dezenas de milhares, aos milhões, se contemplamos a história. Como uma celebridade como o ator do Burg pode ser insignificante, apenas e tão somente dar nos nervos, pensei agora, ao vê-lo de repente bocejar, e logo a seguir a Auersberger, e depois o Auersberger também, provavelmente todos bocejaram ao mesmo tempo, menos Jeannie e eu, que não tiramos mais os olhos um do outro. A Virginia Woolf de Viena, que em última instância permaneceu apenas a mulher de seu Ernstl e, portanto, a mulher do químico, já envelhecida aos sessenta como outras só envelhecem aos setenta ou mesmo aos oitenta anos, pensei. Lembrei-me de *O deserto da juventude* e de toda a patacoada que ela escreveu nesse *O deserto da juventude* acreditando tratar-se de literatura universal, quando, na verdade, era apenas seu kitsch pequeno-burguês. Ela odeia você, disse a mim mesmo, e você a despreza, essa é que é a verdade. Mas ela odeia você não apenas porque, lá atrás, há mais de vinte anos, já há vinte e cinco anos, você a deixou e porque se tornou escritor, e sim porque você é dez anos mais jovem que ela, mulheres assim não perdoam isso, o fato de serem dez anos mais velhas, pensei. Não perdoa o fato de eu a ter deixado com seu Ernstl, no apartamento do 2º Distrito, e ter me bandeado para a Joana, da escritora dez anos mais velha para a artista do movimento apenas seis anos mais velha, que, em vez de um Ernstl, tinha um Fritz. Jeannie, de todo modo, tem seu Ernstl ainda hoje, ao passo que Joana deixou de ter seu Fritz dez anos antes de morrer, pensei.

Agora ela me odeia com um ódio muito maior do que há vinte e cinco ou vinte anos, pensei. *Ela odeia você de um modo sem paralelo*, disse a mim mesmo. Não, não, se os Auersberger tivessem me dito que tinham convidado a Jeannie para seu *jantar artístico*, eu não teria vindo à Gentzgasse, pensei. Sempre cometo o erro de não perguntar aos anfitriões quem mais eles convidaram além de mim, pensei. Se tivessem dito convidamos também a Jeannie Billroth, eu não teria ido à Gentzgasse de jeito nenhum, caí, portanto, duplamente na armadilha da Gentzgasse, ou triplamente, quadruplamente, milhares de vezes, conforme pensei. Eu deveria saber que, a um tal *jantar artístico* na Gentzgasse, ainda mais no dia do enterro de Joana, claro que a Jeannie iria, pensei, e claro também que iria sem o Ernstl, que ela, afinal, nunca levava nos encontros com artistas, pensei. Ele não tinha nenhum interesse nos artistas nem em nada que se relacionasse com eles; nunca teve o menor interesse no que interessava a Jeannie, devo dizer, nada que interessava a Jeannie jamais interessou a seu Ernstl, que só se interessava por química e pela própria Jeannie, por nada mais; e, de fato, interessava-se exclusivamente por química e por dividir a cama com Jeannie. E pensei comigo que, justamente num dia como hoje, eu não deveria ter me exposto a uma pessoa como Jeannie, que teve sobre mim um efeito não apenas destruidor, mas aniquilador também, compreendeu-o de imediato e não me deixou mais em paz; eu já não tinha a possibilidade de fugir dela, teria podido me levantar e ir embora, mas para tanto estava fraco demais nessa noite, além do quê, por outro lado, pensei que sobreviveria a essa noite na Gentzgasse da mesma forma como já tinha sobrevivido a muitas centenas de outras, ou seja, a outras noites em sociedade, a essas noites insuportáveis, por assim dizer, na Gentzgasse. Afinal, até agora sobrevivi a todo tipo de sociedade, pensei. O ator do Burg tinha se sentado numa poltrona da sala de música, naturalmente foi o primeiro a fazê-lo, somente depois dele os demais foram se acomodar em cantos diversos da sala. Pois bem, pensei comigo, de novo o último a efetivamente sair da sala de jantar para a sala de música, mais ou menos arrastando-me da primeira para a segunda, agora a Auersberger ainda vai cantar uma ária ou duas, mas, como já eram três horas da madrugada, tive a esperança de que ela renunciasse a sua arte, isto é, de que não fosse mais cantar a partitura que o Auersberger já abrira para ela, o *Purcell-Notenbuch*. De fato, a Auersberger poupou-me de sua arte, que, devo dizer, sempre foi muito encantadora, admito que, na verdade, a Auersberger sempre teve uma voz particularmente bonita, é provável que uma voz que eu poderia até mesmo caracterizar, sem mais e a qualquer tempo, como de primeiríssima linha, pensei ao me sentar, como o último a fazê-lo, numa das poltronas da sala de música; também a sala de música exibia decoração em estilo Empire, ainda e sempre, como há trinta anos, repleta, pode-se dizer, de preciosidades que hoje seriam impagáveis, cheia de peças herdadas que o pai da Auersberger mandara trazer para Viena da Estíria, isto é, da propriedade em Maria Zaal, ou que adquirira em Viena mesmo, em condições as mais favoráveis, porque ele, como bem sei, conhecia um antiquário no 3º Distrito que, por diversas razões, se autodenominava apenas *comerciante de usados*, embora, a rigor, sempre tivesse comercializado preciosidades, e com quem durante anos fez escambos diversos; o pai da Auersberger cuidava das enfermidades do chamado comerciante de usados, que, por sua vez, como contrapartida, arrumava para ele toda sorte de peças do período josefino e sobretudo móveis em estilo Empire, assim como também as mais belas peças em estilo Biedermeier, e isso sem que o pai da Auersberger precisasse pagar um tostão que fosse pelas peças. Naquela época, trinta anos atrás, pensei, eu amava essa sala de música, caracterizava-a sempre como o mais belo ambiente em estilo josefino que jamais vira. Mas, como disse, era belo *demais*, como mais tarde passei de repente a pensar, perfeito *demais* em sua decoração e, por isso, insuportável. Agora, olhando em volta, a sala de música tão somente me repugnava, provavelmente também porque, nesse meio-tempo, isto é, no curso das últimas décadas, passei a não dar tanto valor a esse tipo de decoração *antiga*, como se diz, arrefeceu há tempos meu grande entusiasmo anterior por velhas peças de mobília, tendo mesmo quase se transformado em repulsa e ódio. As pessoas cercam-se do antigo, de móveis de um tempo passado há séculos que nada tem a ver com elas e já por isso são um embuste essas pessoas, pensei. Na realidade, são tão fracas frente a seu próprio tempo que precisam rodear-se de móveis de uma época passada, extinta e morta de há muito, a fim de conseguir se manter acima da linha d'água, como se pode dizer, pensei; a rigor, é sempre expressão de um estado absolutamente danoso de fraqueza que as pessoas se cerquem de móveis de épocas passadas, e não de *seu próprio* tempo, um tempo cujas dureza e brutalidade não suportam, pensei comigo. Cercam-se da suavidade do extinto, já incapaz de contradizê-las, penso eu. Os Auersberger, de quem sempre se disse que têm o chamado bom gosto, no fundo nunca tiveram bom gosto, apenas um bom gosto copiado, assim como nunca tiveram vida própria, a rigor nenhuma existência própria, mas tão somente uma existência copiada. Isso é que é nojento neles, pensei. No fundo, nem sempre estiveram no centro de seus eventos sociais, ocupado antes por seus móveis e outras preciosidades de séculos passados; em suas casas, nem sempre deram expressão a si mesmos, e sim a seus móveis, a outros objetos artísticos e a seu dinheiro, como também essa noite e essa madrugada não deram expressão a si mesmos, e sim a sua decoração e a seu dinheiro, pensei. E, pensando nisso, tomei consciência de toda a sua pobreza. Eles, os Auersberger, sempre acreditam que são, eles próprios, admirados pelas pessoas, ao passo que aqueles que os visitam admiram, a rigor, apenas seus móveis e demais objetos de arte, bem como o arranjo refinado que os Auersberger dão, em suas casas, a seus móveis e aos demais objetos de arte. Acreditam que as pessoas admiram *a eles*, mas elas admiram apenas seus lustrosos armários, aparadores, mesas, cadeiras e poltronas, assim como as inúmeras pinturas a óleo nas paredes e seu dinheiro, pensei. Tampouco é, de forma alguma, equivocado pensar que é sua riqueza e o ritmo de vida mais ou menos desavergonhado que essa riqueza tornou possível o que as pessoas admiram, o que atrai a admiração de todos. Não é só o hábito que faz o monge, mas também os móveis e as preciosidades centenárias, pensei. Contudo, na escuridão reinante no momento, nem é possível ver uma única das preciosidades dessa sala de música, pensei comigo, e tampouco quero vê-las, porque agora elas decerto me repugnariam. Assim como, nessa noite e nessa madrugada, repugnou-me, como agora de novo me parecia, todo esse apartamento perverso da Gentzgasse. Essa perfeição que demasiado insistentemente nos salta aos olhos por toda parte nada mais é que repugnante, pensei comigo, como, aliás, são repugnantes todas aquelas casas em que, como se diz, *tudo está nos conformes*, nada, absolutamente nada, está fora do lugar nem jamais pode estar. Essas casas nos repugnam e jamais nos sentiríamos à vontade nelas, pensei, a não ser que fôssemos como éramos há trinta anos, quando, mais ou menos distraído, entrei nesse apartamento pela primeira vez. Estava sentado na sala de música justamente entre o ator e o Auersberger. O ator do Burg parecia agora um general reformado da infantaria, e pensei comigo que a barriga cheia paralisava até sua tagarelice, porque ele de repente ficou em silêncio, sua pose era de súbito tão somente militar, pensei comigo ao vê-lo esticar as pernas. Vincos precisos assim só se veem nas calças de oficiais, pensei, na calça de um general, na de um marechal de campo. A Auersberger ia de um convidado a outro com um jarro cheio de vinho branco, mas estavam todos de repente tão cansados que mal mostravam interesse no vinho ou em qualquer outra bebida, apenas o Auersberger seguia ainda bebendo sem cessar, como se pode dizer. Contemplando-o de perfil, as têmporas encovadas das quais pendiam bochechas gordas e inchadas, pensei comigo que provavelmente era de novo iminente seu ingresso na chamada Clínica de Desintoxicação Alcoólica de Kalksburg; se a visão não fosse tão repulsiva, eu a teria percebido muito simplesmente como grotesca, mas não pude fazê-lo, porque na verdade lamentava profundamente o estado do Auersberger. Um dia, você mais ou menos amou essa pessoa, pensei ao contemplá-lo de perfil; um dia, esteve completamente à mercê dela, como se pode dizer. Agora, ela estava sentada ali, a meu lado, túrgida e inchada, e só lhe restava a possibilidade de chamar a atenção para si balbuciando alguma coisa de tempos em tempos. De novo, ele usava aquelas meias grotescas de tricô, pensei, o casaco grosseiro de camponês, em última instância de péssimo gosto, e a camisa de linho com bordados coloridos e de colarinho engomado, mais risível nele do que em qualquer outra pessoa. Era bastante evidente que a Auersberger sofria com o distúrbio mental perverso do marido, um estado que ela não tinha como modificar; uma hora antes, já havia desejado afastar o Auersberger da reunião social e levá-lo para a cama, mas sem sucesso; agora, fracassava nova tentativa de tirar o marido da poltrona e, portanto, da sala de música e levá-lo para o quarto — isto é, o Auersberger, que, em suma, o vício na bebida tornava infantil; com a taça cheia de vinho na mão, ele empurrou a mulher para longe e, ao fazê-lo, machucou o olho dela, além de derramar todo o vinho no chão e de, como vinha fazendo a noite inteira, chamá-la sempre e tão somente de *idiota*, como há trinta anos. A mim, essas cenas dos Auersberger eram familiares, eu as conheço, e essa ainda tinha sido inofensiva. Na maioria das vezes, noites assim terminavam com o Auersberger jogando sua taça de vinho numa das paredes do apartamento e, ainda por cima, destroçando numa dessas paredes uma das graciosas e impagáveis poltronas Empire, que sempre iam parar num restaurador do centro da cidade a quem os Auersberger mantinham muito ocupado com esses e outros acessos de fúria destruidora. De vez em quando, o Auersberger ainda mostrava ter condições de dizer alguma coisa, conseguia dizer até frases inteiras, como *A humanidade deveria ser exterminada*, frase com que agora atraiu diversas vezes para si a atenção das pessoas reunidas na sala de música e que, como músico, repetiu sem cessar, ritmando-a com exatidão matemática. Ou *A sociedade deve ser abolida* ou *Deveríamos todos matar uns aos outros*. Eu conhecia bem demais essas frases para ainda achá-las originais, mas, por outro lado, elas já não me soaram embaraçosas nessa noite como talvez tenham soado aos outros, que nunca tinham ouvido dele essas mesmas frases, que não as conheciam, como era o caso do ator do Burg, que, antes dessa noite, claramente nunca tinha ouvido essas frases do Auersberger e as achou embaraçosas, como constatei. *Mas, meu caro Auersberger, o que é que você tem, afinal?* — o ator do Burg perguntou de súbito; *por que está tão exaltado? O mundo é belo, afinal, e as pessoas são boas. Por que está tão exaltado, pondo tudo abaixo, se, no fundo, tudo tem sua ordem e seu grande encanto?* — continuou ele, e completou: *Por que se embebedar assim, quase até a inconsciência?*, ao que, então, balançou a cabeça e deu nova tragada no charuto que a Auersberger lhe acendera. Também na sala de música Jeannie Billroth estava sentada diante de mim; não disse nada, observava a cena entre o Auersberger, por quem lá atrás, há trinta ou mesmo há vinte e cinco anos, estivera mais apaixonada do que por mim, e o ator do Burg, com quem, ainda na sala de jantar, desejara ter um *diálogo intelectual*, como ela sempre o definia, diálogo este que não aconteceu, porque o ator do Burg de fato não havia se embrenhado por nenhuma das perguntas que ela fizera, não entabulara com ela conversa nenhuma, não lhe dera a menor chance de travar um *diálogo intelectual* com ele, que preferira dedicar-se à verdadeira perca do Balaton e recolher-se a suas piadas e anedotas. A Jeannie sempre queria ter o que chamava de *diálogo intelectual*, sublinhava sempre, a cada oportunidade, que esse *diálogo intelectual* era só o que lhe importava no contato com as pessoas, que frequentava reuniões sociais por esse único e mesmo motivo, mas ela própria jamais teve de fato uma ideia exata, em geral nem mesmo aproximada, do que era aquilo que chamava de *diálogo intelectual*. Talvez tenha pensado que um ator do Burg seria a pessoa certa para esse *diálogo intelectual*, mas se enganou, porque o ator do Burg queria tudo nessa noite, menos um assim chamado *diálogo intelectual*, não queria falar nem mesmo sobre as chamadas questões intelectuais do momento ou ter uma conversa sobre aquele que se poderia chamar seu metiê. Volta e meia, Jeannie havia tentado arrancar o ator do Burg daquela sua reserva, como se pode dizer, porque ela não sabia que não se tratava de reserva, que não podia ser reserva nenhuma, conforme pensei, porque, a rigor e em última instância, o ator do Burg era apenas um daqueles imbecis que, contratados, atuam no Burgtheater e nele crescem e envelhecem no curso dos anos dentro de sua limitação mental e, na verdade, sempre e absolutamente desprovidos de sequer um pingo de inteligência. Mesmo no rosto *desse* ator do Burg não há nada que poderia ser minimamente caracterizado como um traço de intelectualidade, disse a mim mesmo, mas a Jeannie não via isso. Tinha sido considerável falta de tato da parte dela solicitar justamente a um ator que falasse sobre teatro, sobre atuação, ou seja, sobre o conteúdo de sua vida, o que ninguém gosta de fazer e ninguém aceita, isto é, suporta, ou seja, tomar posição sobre aquilo de que tem de viver e existir e que se pode caracterizar como seu ofício ou, como se diz, como sua vocação. Ela própria sempre se recusara a falar sobre a escrita, assim como eu também, porque, como escritor, naturalmente nada me é mais odioso do que ter de falar sobre a escrita, e sempre me recusei a fazer isso, volta e meia ofendendo muita gente com essa atitude, mas todos, por sua falta de tato, merecedores desse tipo de ofensa, pensei, porque de fato não existe nada que me enoje mais, pensei, do que falar sobre a escrita, e o mais nojento para mim é falar de minha própria escrita, ao passo que a Jeannie acreditou que podia falar com o ator do Burg sobre atuação no Burgtheater, pensei. Ao lado da Jeannie estava sentada Anna Schreker, professora de ginásio que conheço há tanto tempo quanto conheço os Auersberger e que sempre vi junto com eles, sempre e apenas no apartamento deles na Gentzgasse, nunca em Maria Zaal e sempre em companhia de seu companheiro e poeta, pensei, ela, com aquele seu jeito sibilante e repulsivo de falar, que ela já possuía no passado, trinta anos atrás. Da professora ginasial Anna Schreker sempre se disse e afirmou que ela era a Gertrude Stein da Áustria, ou a Marianne Moore da Áustria, ao passo que sempre foi apenas e tão somente a Schreker da Áustria, uma escritora local, vienense e megalomaníaca, e pensei agora que também a professora ginasial Schreker começou a escrever nos anos cinquenta e seguiu mais ou menos o mesmo caminho da Jeannie Billroth, ou seja, foi de jovem talento a artista estatal repulsiva, de donzela literária imitadora a matrona literária imitadora, o caminho da mediocridade, e não o do gênio, segundo penso agora; assim, pois, como a Jeannie foi da obsessão por Virginia Woolf à pose de Virginia Woolf, a Schreker foi da obsessão por Marianne Moore e Gertrude Stein à pose de Marianne Moore e Gertrude Stein. Ambas, a Jeannie e a Schreker, tanto quanto o companheiro desta, não tardaram em se bandear — não apenas rápida como também, por infelicidade, muito profundamente — de suas visões, intenções e paixões literárias iniciais para uma abominável literatura como arte de se insinuar ao Estado; aliaram-se os três, da forma mais repulsiva, aos mais diversos vereadores, ministros e demais funcionários da cultura, como são chamados, e de repente, no começo dos anos sessenta, segundo penso, morreram para mim, morreram da noite para o dia de uma falha de caráter a meu ver inata e, da noite para o dia, por assim dizer, transformaram-se naquelas pessoas repugnantes e repulsivas de que eles próprios, os três, referindo-se a outros, sempre falaram com o maior desdém. Insinuando-se de súbito ao aparato estatal de uma forma para mim evidente, tanto a Schreker como a Jeannie, assim penso eu, traíram não apenas a si mesmas, mas também a literatura como um todo, como pensei na época e sigo pensando hoje, e isso eu não perdoo, jamais perdoarei, não sei nem dizer com clareza qual das duas o fez da maneira mais abjeta. Já no início da década de sessenta, tanto a Jeannie Billroth como a Anna Schreker verdadeiramente *rastejavam* elas próprias, à sua maneira repulsiva e oportunista, rumo àquela *patifaria* que, no começo dos anos cinquenta, elas, diante de mim, pregavam ser a maior e a mais nojenta de todas. Já no começo dos anos sessenta, tenho de dizer, as duas se curvaram sem nenhum escrúpulo ao Estado, abandonaram-se como traidoras a esse Estado, penso eu, o mesmo que, nos anos cinquenta, quando eu tinha ainda vinte anos, as duas sempre me apresentaram como aquilo que na verdade ele é até hoje: uma calamidade para esse nosso povo ignorante. Tanto a Schreker como a Billroth, penso eu, venderam-se de corpo e alma, devo dizer, e já no começo dos anos sessenta, a esse Estado horroroso e ridículo, razão pela qual, a partir desse momento, nunca mais quis ter nada a ver sobretudo com a Jeannie. A Schreker sempre foi para mim apenas um fenômeno periférico, mas ela sempre me pareceu uma irmã da Jeannie, tanto em intelecto quanto em caráter. Se a Jeannie sempre tivera seu desvario em relação a Virginia Woolf e, portanto, sofria de uma espécie de doença Virginia Woolf vienense, a Schreker sempre havia tido seu desvario em relação a Marianne Moore e a Gertrude Stein e sofria da doença Marianne Moore e da doença Gertrude Stein. E as duas, tanto Jeannie Billroth como Anna Schreker, muito de repente transformaram, no começo dos anos sessenta, esse seu desvario literário e suas doenças literárias — que, antes, nos anos cinquenta, provavelmente eram desvario e doenças *de verdade* — em pose, pose literária visando a um propósito, pose literária visando a propósitos diversos junto a políticos perdulários; mais ou menos sem escrúpulo, mataram da noite para o dia a literatura que levavam em si em benefício de existências absolutamente abjetas como espoliadoras do Estado. Sim, porque tenho, afinal, de caracterizá-las como duas refinadas espoliadoras do Estado que, nas últimas décadas, não perderam nenhuma chance de, com seu oportunismo, se insinuarem a esse mesmo Estado, o qual ambas de início injuriaram por tantos anos — tanto o Estado como seu caráter perdulário perverso —, duas espoliadoras que, nos últimos quinze anos, sempre se podia ver por toda parte e em cada canto *onde havia algo a lucrar*, como se diz por aqui, e que jamais deixaram de comparecer a toda e qualquer solenidade oficial, fosse ela estatal ou municipal; onde quer que, neste país, políticos que atuam na cultura da maneira mais infame e com a brutalidade mais indecente, por assim dizer, tenham comparecido ou compareçam com seus sacos cheios de dinheiro estatal, lá estão elas, presentes as duas. Assim, Jeannie Billroth e Anna Schreker, as duas damas da literatura, das artes e da cultura em geral da minha juventude, nas quais, mais ou menos ao longo de décadas, apostei *tudo*, como se diz, acabaram por se fazer nada menos que odiosas para mim, penso eu. Jeannie, naturalmente, mais do que Schreker, porque com a Schreker nunca tive contato (e conflito!) tão intenso como com a Jeannie. Já no começo dos anos sessenta, revelou-se, pois, que as duas grandes poetas do início da década de cinquenta que eu mais ou menos idolatrava nada mais eram que duas pequeno-burguesas a registrar por escrito sua indigência mental hipócrita; agora estavam as duas sentadas diante de mim, tão somente na condição das *duas* monstruosidades vienenses da literatura austríaca, lado a lado e repugnantes em sua inflada prepotência literária. A Marianne Moore e Gertrud Stein de Viena e a Virginia Woolf local estão sentadas ali, pensei, e nada mais são que pequenas espoliadoras do Estado, espertas e ambiciosas, que traíram a literatura e a arte em geral por dois ou três prêmios ridículos e uma pensão garantida, que se aliaram ao Estado e a sua corja de funcionários da cultura e, nesse meio-tempo, munidas da mesma ignomínia, fizeram de seu kitsch copiado um hábito como o de subir as escadas dos ministérios em busca de subvenção. Schreker, por exemplo, sempre vociferou contra o chamado Kunstsenat, sempre espumou contra ele e, no entanto, há um ano, deixou-se agraciar por esse mesmo Kunstsenat com o chamado *Grande Prêmio Nacional Austríaco de Literatura*. É já repugnante, pensei, ter de ver como pessoas como a Schreker e a Billroth de súbito grudam justamente naquele antigo presidente do chamado Kunstsenat, hoje seu presidente de honra, que xingaram durante décadas por suas monstruosidade e nocividade, e então, só porque queriam receber desse presidente e presidente de honra do chamado Kunstsenat o *Grande Prêmio Nacional Austríaco*, aliam-se de repente, sem o menor escrúpulo, a ele e aos que o cercam, porque é ele e são eles que, como se diz, distribuem esse prêmio e a soma em dinheiro a ele vinculada. Durante anos esse presidente do Kunstsenat foi para elas apenas uma pessoa nojenta, mas agora, de súbito, e com o cheque na mão, Schreker o abraça no chamado salão nobre do Ministério da Cultura e, ainda por cima, faz um discurso de agradecimento de muito mau gosto. Esse antigo presidente e hoje presidente de honra do Kunstsenat austríaco tem agora noventa anos e, ainda e sempre, segue dependendo somente dele quem, neste país, será agraciado ou não com a distinção máxima, ou seja, desse explorador embotado, ordinário e arquicatólico da arte que há décadas é o maior poluidor cultural deste país, penso eu, e Schreker, finalmente com o prêmio nas mãos, ainda lhe beija a face, uma lembrança que até hoje me provoca náuseas. E não vai demorar muito até que Billroth e também o companheiro da Schreker marchem pelo chamado salão nobre do Ministério da Cultura para receber das mãos desse homem repugnante o *Grande Prêmio Nacional Austríaco*, sem se furtar a lhe beijar a face e a proferir um discurso de agradecimento de péssimo gosto. Mas não são só Schreker (e seu companheiro) e a Billroth que, há décadas neste país, se aliam sem cessar e da forma mais abjeta a todos aqueles que, por assim dizer, administram dinheiro e honras estatais; praticamente todos os artistas austríacos, tão logo *entrados em anos*, como se diz, seguem esse caminho, renegam tudo que, com a máxima determinação, prezaram e propagaram em altos brados e por toda parte até os vinte e cinco ou trinta anos como uma moral mínima, por assim dizer, para a arte e para os artistas, renegam, pois, essa moral e se irmanam com os distribuidores estatais de dinheiro, honrarias e pensões. Todos os artistas austríacos se deixam, por fim, comprar pelo Estado e por seus propósitos políticos abjetos, vendem-se a esse Estado inescrupuloso, vil e abjeto, e a maioria deles faz isso logo de início. Para eles, a arte consiste em nada mais que aliar-se ao Estado, essa é que é a verdade. Schreker, seu companheiro e a Billroth são apenas três exemplos do chamado mundo da arte austríaco. Para a maioria, ser artista significa, na Áustria, sujeitar-se ao Estado, seja ele qual for, e se deixar sustentar por ele a vida toda. Na Áustria, ser artista é tomar o caminho vil e hipócrita do oportunismo estatal, pavimentado com bolsas e prêmios, revestido de honrarias e condecorações e que termina num túmulo de honra no cemitério central. A Schreker, incapaz de desenvolver um raciocínio simples e que há décadas escreve tão somente disparates, é vista como uma escritora intelectual tanto quanto a Billroth, que é bem mais burra, penso eu, pensei; esse fato caracteriza não apenas nossa presente e *degradada vida intelectual austríaca*, mas também a vida intelectual de forma geral. Visto em perspectiva, porém, porque viemos da Inglaterra, esse estado catastrófico da Áustria é ainda mais catastrófico. O repugnante sempre foi mais repugnante aqui, o mau gosto sempre foi de muito maior mau gosto e o ridículo, sempre mais ridículo. Mas o que seríamos ou onde estaríamos, eu me pergunto, se tudo fosse diferente? Schreker, seu companheiro e a Jeannie, que há vinte anos fingem insubmissão, revolução e um pensamento progressista aos mais jovens — e que, na realidade, nesses vinte anos não atuaram com maior energia em coisa alguma senão em subir e descer as escadas dos fundos dos ministérios distribuidores de dinheiro —, sempre exibiram índole intelectual aparentada; para mim, sempre foram repugnantes em sua arte de iludir a juventude e de extorquir os ministérios e sua estupidez. Agora, a Anna Schreker está sentada ao lado da Jeannie Billroth, pensei, e contemplei as duas como *irmãs de caráter* efetivamente degradadas do ponto de vista intelectual. Schreker, assim como a Billroth e o companheiro da Schreker, incorpora hoje essa espécie de pseudoliteratura loquaz e imitativa que sempre detestei mas que é amada por editores fanáticos pela moda, sempre a brilhar a despeito de seus conhecimentos literários que nunca saíram da puberdade, assim como é também subvencionada com fervor pelos funcionários senis do Ministério da Cultura na Minoritenplatz. Nessa noite, nesse *jantar artístico*, a Schreker está toda de preto, como sempre, pensei. Agora, de súbito, estava sentada lá atrás, ao lado do pintor de um braço só, Rehmden, homem da chamada *Segunda Escola Surrealista de Viena* e, como é natural, professor e catedrático da Academia de Pintura na Schillerplatz, *o cinzelador da natureza de traço refinado*. O Auersberger, a quem certa vez chamei com toda a seriedade o *Novalis dos sons*, como lembro agora com horror, estava completamente *incapacitado* fazia tempo e apenas balbuciava de vez em quando algo incompreensível, depois de, na certa para chamar a atenção pela última vez das pessoas na sala de música, ter de súbito arrancado da boca sua dentadura inferior e de a ter segurado como um troféu diante do rosto do ator do Burg, observando que a vida era curta, o homem, decrépito, e a morte, já iminente, o que fez o ator do Burg repetir diversas vezes a expressão "mau gosto" enquanto o Auersberger recolocava sua dentadura, e, naturalmente, fez também a Auersberger saltar outra vez de sua poltrona com o intuito de conduzir o marido da sala de música para o quarto de dormir, o que ela de novo não conseguiu; o Auersberger, que agora ameaçava matá-la, a empurrou para longe, fazendo-a tropeçar no ator do Burg, que, no entanto, a apanhou e a tomou nos braços. *Mas que mau gosto!*, exclamou duas ou três vezes o Auersberger, antes de adormecer em seu casaco de lã grossa de camponês. Nesse *jantar artístico* estavam presentes também dois jovens falantes do dialeto estírio, provavelmente parentes do Auersberger e, por assim dizer, garotos da terra, dois verdadeiros *armários* da Estíria atraídos, no verdadeiro sentido da palavra, pelos Auersberger para encorpar *seu jantar artístico*, como se diz; por todo o tempo que os observei, não falaram com ninguém, a não ser um com o outro, assim como também eu, aliás, só falei comigo mesmo, quando falei, porque, embora tenha ido ao *jantar artístico*, permaneci o tempo todo inteiramente alheio a ele, segundo penso agora; no fundo, comportei-me, pois, nesse *jantar artístico* exatamente como os dois rapazes da Estíria, ambos aspirantes a engenheiros, como se diz, mas eles pelo menos se levantavam de suas poltronas de vez em quando e tornavam a sentar, fosse por qual motivo fosse, ao passo que eu permaneci sentado, de início na poltrona de orelhas do vestíbulo, depois, na sala de jantar, de fato sem dizer uma única palavra o tempo todo, a não ser por uma pergunta que fiz ao ator do Burg, querendo saber se, depois de quatro ou cinco décadas, ele já não estava cheio, como se diz, de representar sempre papéis clássicos no Burgtheater, Goethe *ou* Shakespeare e Grillparzer, ou seja, *duas vezes por ano Goethe ou Shakespeare* e, *uma vez a cada três anos, Grillparzer,* somente a cada cinco ou seis anos um papel como o Ekdal de *O pato selvagem*, ou então um papel numa dessas estúpidas comédias de costume inglesas, como a que o Burgtheater ensaiava agora, mas não obtive resposta para minha pergunta; ou a não ser também pelo fato de ter dito de novo ao Auersberger em dado momento, ainda que fosse inteiramente supérfluo fazê-lo, que ele tinha estragado sua vida por uma mulher rica e pelo próprio bem-estar, que tinha atirado sua genialidade na lama e, assim, se aniquilado, que tinha feito da bebedeira, por assim dizer, o verdadeiro conteúdo de sua vida, que tinha trocado uma infelicidade, isto é, a infelicidade de sua juventude, por outra, pela infelicidade da velhice, o desamparo da juventude pela bebedeira da velhice, enfim, seu gênio musical por uma sociedade repugnante, a liberdade do espírito pelo cárcere da riqueza, e havia dito também várias vezes a ele que seu casaco de lã grossa de camponês me repugnava, assim como sua camisa de linho de camponês, que tudo nele, enfim, era repugnante. Tinha ido a esse *jantar artístico* na Gentzgasse, mas, como os dois garotos da terra lá da Estíria, permaneci o tempo todo alheio a ele; observei, é certo, o *jantar artístico* na Gentzgasse, mas na verdade não tomei parte dele, penso eu. Ao fundo, estavam sentadas ainda duas ou três pessoas que, mesmo na sala de jantar, mais bem iluminada do que a sala de música, não fui capaz de reconhecer; e os dois jovens escritores, que só se fizeram notar por repetidas risadas tonitruantes, que em nenhum momento fizeram o menor sentido para mim. O tempo todo, essas risadas já haviam me dado nos nervos, antes ainda da chegada do ator do Burg à Gentzgasse, porque eram risadas a um só tempo completamente vazias e estúpidas, como é muito frequente ouvirmos hoje em dia, quando em companhia de gente jovem: vazias, burras e obtusas. A dizer, também os dois jovens escritores não tinham praticamente nada, pensei agora, puseram-se a beber desde o começo, comeram tudo que lhes foi servido e permaneceram o tempo todo completamente alheios, embora tenham sido convidados ao *jantar artístico*, provavelmente pelo Auersberger, segundo penso, como, por assim dizer, *a juventude artística e intelectual à mesa*, da mesma forma como os garotos da terra vindos da Estíria representavam a técnica. Mas, afinal, o que têm a dizer jovens escritores, pensei, que imaginam saber tudo e que, na verdade, só estão em condições de achar tudo risível, sem, no entanto, saber dizer *por que* acham tudo risível. Isso só vão descobrir muito mais tarde, pensei; de início, acham tudo risível sem saber por quê, assim são eles; só mais tarde descobrem por quê, mas aí não dizem, porque não têm mais motivo para tanto. Sua risada era aquela absolutamente característica da juventude de nossos perversos, estúpidos e perigosos anos oitenta: burra, vazia, tola, pensei. Eles riem, acham tudo risível e ainda não publicaram nem sequer um único livro, pensei, como você, trinta anos atrás. Só têm sua risada e nada mais, e se dão por satisfeitos com ela. Têm apenas essa risada e toda a catástrofe de sua vida ainda pela frente, pensei. Têm somente essa risada e nem ao menos uma justificativa para ela. E me lembrei de que, quando jovem escritor, e exatamente como esses dois jovens escritores, eu ficava sentado em companhia semelhante à desse chamado *jantar artístico* e só ria, sempre dava risada e achava tudo risível. Tampouco tinha uma justificativa para minha risada. E não tomava parte em nada dessas reuniões, apenas bebia, comia e, como disse, dava risada. Os dois me interessaram tão pouco — assim como eu, outrora, era desinteressante — que nem travei contato com eles, da mesma forma como, no passado, ninguém fazia contato nenhum comigo, disse a mim mesmo. Não aprendemos nada que seja de fato do nosso interesse ao conversar com esses jovens dos nossos anos oitenta; falamos, falamos, e eles não entendem o que dizemos, e eles falam e falam e falam, e não entendemos nada, não queremos entender coisa nenhuma, disse a mim mesmo. Falar com pessoas jovens não leva a nada, pensei; quem afirma o contrário é um hipócrita, porque os jovens não dizem nada aos mais velhos e aos velhos, essa é que é a verdade; é totalmente desinteressante o que os jovens dizem aos velhos, totalmente, pensei, e é a maior hipocrisia afirmar o contrário. Sempre foi uma coisa moderna dizer que os velhos devem conversar com os jovens, porque os jovens teriam muito a dizer a eles, mas, na verdade, é o contrário: os jovens não têm absolutamente nada a dizer aos velhos. Claro que os velhos teriam algo a dizer aos jovens, mas o problema é que os jovens não entendem o que os velhos dizem a eles, porque não têm a capacidade de entender e, por isso, nem querem entender. O Auersberger sempre teve jovens escritores em torno de si e em sua cama, e eu fui dos primeiros que ele convidou para ir a Maria Zaal, pensei agora. Um dos primeiros a cair em sua armadilha, disse a mim mesmo. Um de seus primeiros bobos da corte. "Salvadores de casamento" foi a expressão que repeti para mim mesmo em relação aos dois jovens escritores e aos dois aspirantes a engenheiros, *salvadores em dose dupla*. Não bastava que fossem jovens aqueles que o Auersberger sempre atraía para si e para sua cama, pensei, era necessário que fossem sempre *jovens escritores*; o Auersberger nunca convidava um jovem pintor ou um jovem escultor para ir a Maria Zaal e para sua cama, sempre e apenas um jovem escritor. Ele o convidava para ir a Maria Zaal e para se deitar em sua cama a fim de devorá-lo, pensei agora, pagava a passagem até Maria Zaal, não importava de onde viesse, ia buscá-lo na estação, conduzia-o a seu quarto já preparado e tentava devorá-lo já no primeiro dia. Esse pensamento, tormentoso e repulsivo para mim durante anos e mesmo décadas, de repente não o era mais. Auersberger, *o devorador tarado de escritores*, pensei comigo agora, e no momento teria podido rir do epíteto que inventara, se não estivesse cansado demais para tanto. *O Auersberger e os jovens escritores*, pensei, aí estava um tema para um ensaio, mais curto ou mesmo longo, *um ensaio e tanto*, como se diz. Com certeza ainda vou interpretar o Ekdal umas cinquenta vezes, disse de súbito o ator do Burg; ele se recostara por completo na poltrona e fechara os olhos. Se pelo menos tivessem me dado um Gregers melhor. Eu próprio teria de fazer o Gregers, mas é absurdo pensar uma coisa dessa, interpretar ao mesmo tempo o Ekdal e o Gregers! Isso é absurdo! Absurdo isso!, exclamou o ator do Burg. Nesse meio-tempo, a Auersberger tinha posto um disco para tocar, o *Boléro*, precisamente a obra musical que Joana mais amava. A Auersberger quis de novo lembrar Joana com o *Boléro*, tinha posto aquele disco para tocar de propósito, disse a mim mesmo. E, de fato, estimulado pelos primeiros compassos do *Boléro*, tornei a pensar em Joana e, sobretudo, no enterro. De início, achei de mau gosto que a Auersberger tivesse posto o *Boléro* justamente agora, mas é possível que não, que tenha sido, antes, uma boa ideia, ainda que movida pela astúcia, terminar enfim aquela ceia mais ou menos horrorosa, na qualidade de um *jantar artístico*, com uma homenagem a Joana. Se, antes de a Auersberger pôr o *Boléro* para tocar, eu queria me levantar e partir, agora permanecia sentado até mesmo de bom grado, subitamente num estado muito agradável de indiferença, repassando na memória as imagens do enterro em Kilb, tendo nitidamente diante dos olhos as idas à Zur Eisernen Hand, o rosto da merceeira, o rosto de John, Kilb, a bela e tranquilizadora cidadezinha da Baixa Áustria. De repente, minha *irritação*, que persistiu durante toda essa noite horrorosa e toda essa madrugada horrorosa, deu lugar a alguma *tranquilidade*. Eu próprio sempre gostei de ouvir o *Boléro*, e Joana sempre o punha para tocar em sua assim chamada oficina do movimento, enquanto trabalhava com seus alunos mais talentosos; no fundo, o *Boléro* era a peça musical que orientava toda a sua arte e toda a sua doutrina do movimento, pensei, ouvindo o *Boléro* de olhos fechados. Como é bonito entregar-se de vez em quando ao sentimentalismo, pensei, e não tive a menor dificuldade para visualizar Joana agora, a artista do movimento que teve todas as possibilidades de ser feliz e, no fim, não foi mais do que infeliz. Ouvia sua voz e me comprazia de suas frases, de sua risada, de sua *receptividade para todo o belo*, porque Joana tinha esse dom como nenhuma outra pessoa em minha vida, o de sempre ver também o belo, ao lado da feiura atroz, destruidora e aniquiladora para toda a vida, um dom, pois, que pouquíssimas pessoas possuem. Tampouco esse dom, porém, lhe foi de alguma valia, pensei. Foi para Viena, deixou-se engolir pela cidade e partiu correndo para casa, para se enforcar, pensei, e pensei também no fato de que a vizinha — que, na ausência de Joana, sempre cuidava da casa —, já pouco antes das seis da manhã, a vira pendendo da corda que, com as próprias mãos, Joana atara num laço; na Zur Eisernen Hand, a merceeira não conseguira se controlar e contara que a vizinha tinha visto em primeiro lugar os pés *balançando* acima dos degraus da entrada da casa, e só depois, aproximando-se mais, as pernas e, então, o corpo todo, que, pesado, pendendo da corda e todo inchado dos anos de bebedeira, começou a se mover quando a vizinha abriu a porta da entrada, algo *grotesco* e, ao mesmo tempo, *pavoroso* de ver, segundo a merceeira. Não gritara, não, tinha ido de imediato e *muito calmamente* dar a notícia à merceeira, que era a melhor amiga de Joana, nas palavras da vizinha. O dia ainda não amanhecera. Logo às sete da manhã, a merceeira me ligara em Viena, não fui o primeiro a ser comunicado, mas, ainda assim, soube menos de uma hora depois de encontrada a suicida. O *Boléro* foi aos poucos me mostrando todas as estações possíveis da existência de Joana, eu a via a todo momento, ora na Sebastiansplatz, ora em Kilb, ora em Maria Zaal, aonde ela própria era convidada com muita frequência. Joana gostava de usar vestidos que ela própria desenhava, pensei, antigos braceletes egípcios e brincos persas, assim como tinha também uma relação muito forte e muito feminina com as culturas africanas e asiáticas antigas, sobre as quais tinha lido todos os livros e textos possíveis; sempre se enrolava em seda indiana, e os colares que levava no pescoço eram afegãos, chineses, turcos. Ninguém falava tanto dos próprios sonhos como ela, que buscava *investigá-los*, seguir suas pistas, passei noites inteiras em sua companhia investigando os sonhos dela; os sonhos dos outros sempre lhe interessavam também, ela os estudava, por assim dizer, fez da investigação dos sonhos sua segunda arte, pensei. Muitas vezes disse de si mesma que *perambulava pelos sonhos*, que sua existência era a de uma *peregrina dos sonhos*. Cercava-se sempre e sobretudo de pessoas jovens, pensei, *de preferência muito jovens, as que ainda perambulavam pelos sonhos*, como ela própria as caracterizava, as que *ainda não foram estragadas e arruinadas pela cultura e por sua própria formação*. Naturalmente, tinha uma relação fantástica com os contos de fada, ela própria preferia ler contos de fada, lê-los em voz *alta* também, e em público, quando tinha oportunidade. Sonhos e contos de fada eram o verdadeiro conteúdo de sua vida, pensei agora. Foi por isso que se matou, pensei, porque uma pessoa que faz apenas dos sonhos e contos de fada o conteúdo de sua vida não pode sobreviver neste mundo, não se admite que sobreviva, pensei. Ela própria era uma personagem de conto de fada, pensei, e é provável que tenha acreditado a vida toda que era uma personagem de conto de fada, a Elfriede Slukal que deu a seu conto de fada o nome de *Joana*, pensei. O *Boléro* sempre foi sua música, devo dizer, o centro de sua existência. De tempos em tempos, não deveríamos ter receio de nos deixar dominar pelo sentimentalismo, pensei, e deixei-me dominar agora pelo *Boléro*, entreguei-me inteiramente ao *Boléro*, a mim e a meus sentimentos por Joana, até o momento em que Jeannie Billroth perguntou ao ator do Burg — sentado a meu lado e de frente para ela — o que ele achava do fato de que o *Burgtheater tinha agora um novo superintendente*, de que logo um vento novo e, como acreditavam as pessoas, mais fresco começaria a soprar na direção do

Burgtheater, um vento que levaria embora consigo tudo de pavoroso, rançoso, tudo que havia morrido fazia tempo, ou seja, tudo que, com os anos, se tornara tão somente enojante, repulsivo, simplesmente horroroso no Burgtheater; ou seja, do fato de que estava indo para o Burgtheater *um dos melhores homens de teatro, um gênio alemão, um gênio teatral alemão de primeiríssima classe,* aliás, como a Jeannie se exprimiu, *um profissional de primeira categoria, obcecado pelo teatro,* como ela disse, ou melhor, citou, porque só estava citando, e não afirmando por conta própria o que era aquele novo superintendente vindo da Alemanha, citava apenas o que lera nos jornais e o que ouvira a respeito do homem, a quem não conhecia, disse, e, por isso, não podia estar ela própria convencida da escolha, o novo superintendente era para ela, como disse, a chamada folha em branco; *um louco por teatro,* lia-se nos jornais, *um homem essencialmente de teatro, de um tipo que o Burgtheater não vê há um século* estava se instalando ali, se ela podia se atrever a citar o que os jornais haviam escrito. Com essa pergunta repentina, Billroth de súbito sobressaltou o ator do Burg, que havia cochilado um pouco. *Pois o que me diz desse novo homem que acaba de chegar?*, cutucou a Jeannie Billroth, como se, de repente, tivesse afinal descoberto uma vítima para sua maldade, que passara a noite toda à espreita, e soubesse de súbito como abatê-la, como acabar com ela. Várias vezes disse ainda ao ator do Burg: *Com certeza, você tem uma opinião sobre o novo homem*, o que de fato o irritou. O ator do Burg se endireitou, recolheu as pernas, esticou o pescoço para cima e disse que sim, pois muito bem, estava chegando um novo homem, mas que isso não lhe interessava, já não lhe interessava nem um pouco. Ele próprio já tinha visto tantos superintendentes do Burgtheater assumir o cargo e perdê-lo, que o tal homem não lhe interessava. Eles vêm e vão, são recebidos de braços abertos e, depois, escorraçados aos berros, sempre tinha sido assim, e o novo superintendente não seria exceção, disse ele. Pois sim, o novo homem, prosseguiu, talvez um gênio, como você diz, ao que a Jeannie de imediato objetou que *ela* não tinha dito coisa nenhuma, os *jornais* haviam escrito que o homem era um gênio, não era afirmação *dela*, e sim dos *jornais*, que agora todo dia escreviam sobre aquele gênio vindo da Alemanha, *ela* não tinha dito aquilo, e o ator do Burg respondeu que tanto fazia se eram os jornais que tinham escrito ou se era ela quem dizia aquilo, minha cara, para mim é absolutamente indiferente quem é esse novo homem que está chegando; nunca dera importância àquilo, *tinha sobrevivido a dez ou onze superintendentes*, disse o ator do Burg, *todos eles haviam desaparecido*, ninguém mais se lembrava sequer do nome daquelas pessoas; quem lhes dá posse é um ministro que não sabe nada de teatro, segue apenas seu instinto político, *eles trabalham um ano inteiro e são descartados*, assim se exprimiu o ator do Burg, de repente irritando-se outra vez. O ministro convoca alguém que, acredita, lhe será o mais útil de todos, naturalmente *sempre e apenas por motivos políticos, jamais artísticos*, continuou o ator do Burg, e, mal o novo homem assina o contrato, passa a ser hostilizado e tudo se faz para que desapareça o mais depressa possível. Duas ou três montagens são elogiadas pela imprensa, disse o ator do Burg; depois, começam a amaldiçoar e aniquilar o novo homem, o mesmo que, antes de assinar o contrato, haviam alçado aos céus por um ano inteiro, *começam a serrar o galho em que ele está sentado*. E, por um bom tempo, ele não percebe que já estavam serrando seu galho antes mesmo de ele assinar o contrato, disse o ator do Burg. O novo homem pode fazer o que quiser, mas, tendo assinado o contrato e se tornado superintendente do Burgtheater, é *um homem morto*. Se, *antes* de ele assinar o contrato e assumir o posto, os jornais escreviam que era um gênio, agora, *depois* de ele ter assinado o contrato e assumido o posto, escrevem que é um idiota. Tanto faz o que põe em cena, seu valor vai diminuindo com o tempo; em dois ou três anos, seja lá o que tenha feito, ele não vale mais nada, prosseguiu o ator do Burg; se encena clássicos, o que faz é uma tolice, se encena as chamadas peças modernas, é outra tolice; se monta autores austríacos, é um equívoco, não vale nada, se encena estrangeiros, é um equívoco, não vale nada; se, antes de chegar a Viena e ao Burgtheater, ouvia que seu Shakespeare era *arrebatador, absolutamente o melhor Shakespeare* que eles, os críticos, jamais tinham visto, tão logo *se torna* superintendente do Burgtheater ouve que seu Shakespeare é uma catástrofe. Assim que atingem seu objetivo e o novo superintendente assinou contrato, os fabricantes de superintendentes do Burgtheater, disse o ator do Burg, transformam-se de pronto em aniquiladores de superintendentes do Burgtheater. Ora, quer saber?, perguntou o ator do Burg à Jeannie Billroth, para quem é bom ator, tanto faz quem é o superintendente do momento. O encanto com um novo superintendente sempre dura pouquíssimo. Basta que tenha sido visto várias vezes na Kärntnerstraße e observado duas ou três vezes comendo alguma coisa no Sacher ou no Imperial, e ele estará acabado. O público sempre teve seu ator preferido do Burgtheater, minha cara, disse o ator do Burg, mas jamais um superintendente preferido. Se você me pergunta, para mim tanto faz quem vai suceder nosso superintendente atual, disse o ator do Burg; de repente, todos ouviam com o maior interesse o que ele dizia, agora não apenas fumando seu charuto, mas também bebendo de novo seu vinho branco. Os atores do Burg se estabelecem nesta cidade, disse ele, compram sua casa em Grinzing, em Hietzing, em Sievering, em Neustift am Walde e passam suas vidas insípidas em seus casarões insípidos até o crepúsculo de suas existências insípidas, mas os superintendentes do Burgtheater não têm a menor chance de se estabelecer nesta bela cidade. Ai do superintendente do Burgtheater que compra uma casa nesta cidade; ainda antes de se mudar para lá, já terá sido enxotado, posto para fora. A história dos superintendentes do Burgtheater é mais que escandalosa, prosseguiu o ator do Burg, é possível que ela seja a mais triste das histórias vienenses, disse o ator do Burg. Viena é uma *trituradora da arte*, no verdadeiro sentido da palavra, é de fato a maior trituradora da arte que há neste mundo, em que, entra ano, sai ano, a arte e os artistas são triturados; pouco importa que forma de arte, pouco importa que artistas, a Viena trituradora da arte sempre, em todos os casos, os esmaga por completo. *Tudo* é esmagado por essa Viena trituradora da arte, *tudo*, disse o ator do Burg, *nada se salva*. E o curioso, disse o ator do Burg, é que todas essas pessoas ainda saltam de livre e espontânea vontade para dentro desse triturador, dessa Viena trituradora da arte que vai esmagá-las por completo. Sim, até mesmo os superintendentes do Burgtheater saltam voluntariamente para dentro dessa Viena trituradora da arte. Por vezes, nada mais fazem a vida toda com maior veemência do que empenhar-se por poder saltar para dentro dessa trituradora da arte, dilaceram-se literalmente por esse salto para dentro da trituradora da arte, na qual serão totalmente esmagados. *Totalmente esmagados, totalmente esmagados, totalmente esmagados!*, exclamou o ator do Burg. Depois, disse ainda: a mim, porém, nunca me comoveram essas celeumas e escândalos em torno de um velho ou novo superintendente do Burgtheater. Veja, minha cara, disse ele à Jeannie Billroth, sob qualquer que fosse o superintendente, esse Ekdal seria meu, acredite em mim. E, no mais, disse o ator do Burg, como se pretendesse com isso encerrar o assunto, vou me aposentar ainda antes da posse do novo superintendente. Já não estarei na casa quando ele tomar posse, disse o ator do Burg, voltando-se então para o Auersberger, que cochilara esse tempo todo e não ouvira nada da resposta dele à pergunta da Jeannie Billroth, e acrescentando: sabe, quando eu me aposentar, vou fazer duas ou três leituras ao ano de Rilke na Konzerthaus, ou do velho Goethe, e isso já me basta. No fundo, o teatro de hoje não me interessa nem um pouco. Eu preferiria já estar aposentado, porque tudo que tem a ver com o teatro hoje é tão somente insuportável. Antes, fazer teatro era um prazer, uma missão de vida efetivamente, disse o ator do Burg, mas hoje não me resta mais nada. Que eu ainda faça esse Ekdal e tenha tanto sucesso com ele é uma surpresa sobretudo para mim mesmo, disse ele. Na verdade, o teatro deixou de me interessar, disse o ator do Burg. Veja, disse ele à Jeannie, passei tantas décadas felizes no teatro, não me arrependo de um único dia dessa minha época feliz de teatro e, portanto, na verdade não me arrependo de uma única hora desse meu tempo feliz de Burgtheater. Mas hoje o teatro não me dá mais nada, faz muito tempo, disse o ator do Burg, ao que a Jeannie retrucou que, na opinião dela, o teatro já não dava mais nada para o ator do Burg fazia tanto tempo porque ele, o ator do Burg, jamais conseguira se separar do Burgtheater, *porque você comprou uma casa em Grinzing*, disse a Jeannie, *é por isso que o teatro não lhe diz mais nada há tanto tempo*, disse ela ao ator do Burg, *porque você vai comer todo dia no Sacher, vai todo dia tomar um café no Mozart*. Se tivesse se afastado do Burgtheater, se tivesse ido embora de Viena, não estaria dizendo agora que o teatro não lhe dá mais coisa nenhuma há muito tempo, observou a Jeannie. É possível que você tenha perdido o prazer pelo teatro, o prazer pela atuação em si, porque comprou uma casa em Grinzing, insistiu Jeannie. Pode ser que você tenha razão, minha cara, respondeu o ator do Burg, mas o provável é que não. O teatro em geral está em decadência, disse ele; esteja você em Viena ou não, já não acha bom teatro, ele não fascina mais. Nisso, não acreditava, disse de súbito o Auersberger, que todos achavam estar dormindo fazia muito tempo; em sua opinião, o teatro estava tão vivo como sempre estivera, somente em Viena tinha se tornado insosso, não apenas condenado à morte fazia muito tempo, como também *morto de fato, morto de fato, morto de fato,* exclamou o Auersberger, balbuciando repetidas vezes esse *morto de fato.* E, tendo esse seu balbucio soado muito engraçado, aquilo fez rir inclusive os dois jovens escritores. Riram alto depois de o Auersberger exclamar várias vezes *morto de fato,* embora o tempo todo parecessem nem estar ali. *Meu Deus!,* exclamou então de súbito o ator do Burg, *o que significa isso: um gênio do teatro? Um superintendente que é um gênio, isso é um absurdo!,* protestou. Sabe, disse ele à Jeannie Billroth, os jornais falam uma língua infame, tudo que se lê neles é nada mais que infame. Tanto faz o jornal que você abre, depara com infâmias, disse o ator do Burg. Não, dizemos, o que sai nos jornais não nos diz respeito, mas a verdade é que nos atinge mortalmente, ele disse. Só que os jornais austríacos são mesmo os piores do mundo e de fato elevam a baixeza a sua máxima potência, disse ele, não há jornais mais abjetos por aí. A história austríaca, e mais, a história mundial sempre padeceu da monstruosidade desses diários, disse o ator do Burg. Embora sempre tenham me elogiado, disse ele, são, sim, os mais monstruosos do mundo, com seu conteúdo a um só tempo infame e idiota ao extremo. Mas nós os lemos todos os dias e devoramos com avidez tudo que dizem, disse ele, essa é que é a verdade, afinal. Desde criança devoro a sujeira jornalística austríaca, mas sigo existindo. O estômago austríaco é bom, os austríacos em geral têm um bom estômago, é a conclusão a que chego quando penso nas histórias horrorosas e de mau gosto que já devoraram com o passar dos anos. Os jornais austríacos, se é que são jornais, continuou o ator do Burg, são os piores do mundo, mas, precisamente por isso, talvez sejam os melhores. Precisamente porque são os piores, é provável que sejam os melhores, disse o ator do Burg, e o Auersberger balbuciou *nisso você tem razão, nisso você tem razão, e como tem razão nisso*, e os dois jovens escritores riram alto de novo. Vivemos, sim, em nada mais que um constante e pleno absurdo, disse de repente o ator do Burg. Tenha em mente que *tudo* é absurdo. O pensamento absurdo é o único pensamento verdadeiro, disse o ator do Burg, tenha em mente que o mundo absurdo é o único mundo verdadeiro. Tudo que é, é absurdo, disse de súbito o ator do Burg em tom patético e recostou-se em sua poltrona. Absurdo e perverso, acrescentou a seguir. E, de imediato, dirigindo-se à Auersberger, *mas eu estava tão ansioso por ouvir uma amostra de sua arte*. Não tem problema. Fica para a próxima vez, não é? O que você teria cantado?, perguntou o ator do Burg, e a Auersberger respondeu apenas *Purcell*. Ah, Purcell, disse o ator do Burg. Purcell está muito em moda. A música antiga em geral. O mundo inteiro ouve música antiga o dia todo, não é mesmo?, ao que o Auersberger tornou a balbuciar, *nisso você tem razão, nisso você tem razão, nisso você tem razão*. Purcell, disse o ator do Burg, a arte grandiosa do *Lied* e da ária inglesa. Sim, prosseguiu ele, olhando para mim, um Purcell bem cantado é uma preciosidade. O *Boléro*, meu Deus, disse de súbito o ator do Burg, sabe, antes o *Boléro* sempre me dava nos nervos. Agora eu amo. É uma manifestação artística que durante muito tempo nos dá nos nervos, disse ele, e, de repente, a amamos. Você já não teve experiência semelhante?, ele perguntou a Jeannie, mas ela não respondeu, emendando de supetão que uma nova era despontava no Burgtheater, e usou de fato a palavra "despontar", uma nova era que *varreria* a antiga, *que vai varrer a antiga*, nas palavras da odiosa Jeannie Billroth. Somente novos nomes se apresentariam, disse ela, peças bem diferentes seriam encenadas. Sim, isso é bom, balbuciava agora o Auersberger, que novos nomes voltem a surgir e que novas peças sejam encenadas. *Vamos dar adeus ao habitual*, balbuciou ele, aos *encalhes do teatro, aos encalhes do teatro*, repetiu ele três vezes seguidas, creio que por ter gostado da expressão. É provável que a Auersberger tenha achado embaraçosa a observação do marido bêbado, porque fez nova tentativa de erguer da poltrona o Auersberger, cuja cabeça já afundara bem no casaco de camponês, mas não conseguiu; ele ainda teve força suficiente para lembrá-la, com um chute na panturrilha, de quem mandava no apartamento da Gentzgasse. Li um livro sobre Palladio, disse de repente o ator do Burg, e tornei a admirar os palacetes no Brenta, disse. Algo que cai no esquecimento por séculos, disse ele, de repente volta a estar na crista da onda, vira, por assim dizer, centro do interesse mundial. Quando me aposentar, disse, vou para a Espanha, e não por um curto período, como nos últimos anos, mas por um bom tempo, meses. Quando alguém serviu o teatro por tanto tempo quanto eu, disse. Comediante, disse ele, imitador, ajudante de palco. Minha grande sorte foi nunca ter me casado, a sorte grande para um ator é não se casar, permanecer sozinho com sua arte, a arte dramática. Capacidade para me afirmar, sempre tive, curiosamente nunca adoeci, nem uma única vez, a não ser por pequenas indisposições, razão pela qual nunca precisei recusar um papel, nem uma única vez, ao passo que os colegas todos viviam recusando e, com o tempo, desenvolveu-se de fato até mesmo certa histeria pela recusa. *Nunca fui o chamado ator nervoso*, disse ele, *pedante, talvez*, mas nervoso nunca, tampouco me permiti mal-estares artísticos. Talvez por causa da minha sede de saber, disse. Sempre estudei cada papel à maneira científica, mas sempre fui também o único a sentir essa necessidade. De fato, nunca fui de luxos, não, muito pelo contrário. Mas nunca fui um homem simples, sempre detestei a simplicidade. Na verdade, disse então o ator do Burg, as exigências que Viena impõe à arte, sobretudo à música e ao teatro, são bastante elevadas, as mais elevadas em toda a Europa, e as pessoas que aqui frequentam as salas de concerto e os teatros, sobretudo o Burgtheater, disse ele, são as mais mimadas, em última instância mais exigentes e críticas do que em qualquer outra parte da Europa, ou mesmo, posso dizer, do mundo inteiro. Não existem atores melhores, músicos melhores do que os que temos aqui em Viena, essa é que é a verdade. Vá para onde quiser, disse ele, para o Scala de Milão ou para a Metropolitan Opera de Nova York, vá ao National Theatre de Londres ou à Comédie-Française, não são nada perto de Viena, toscos, em última instância, diletantes, essa é que é a verdade. O público vienense é o mais mimado, o de gosto mais refinado, tanto no que se refere ao teatro quanto à música, mas certamente também o mais infame, o mais inescrupuloso. Em comparação, como é ridículo tudo que o teatro alemão nos oferece, como é ridículo o inglês, como é ridículo o francês. Mas ai daquele que diz essa verdade em Viena, disse o ator do Burg: estará acabado. O Burgtheater, disse ele, não consegue ser ruim a ponto de, ainda assim, não ser muito melhor do que o que se vê nos palcos alemães, em todos eles. Não, não, prosseguiu o ator do Burg, o teatro que se apresenta na Alemanha é um teatro diletante, de mau gosto, em última instância um teatro idiota, pelo qual os alemães sempre foram loucos. O teatro alemão sempre foi canhestro e diletante, essa é que é a verdade. Sempre e apenas dado a modas, sempre carente de inteligência, essa é que é a verdade. Não tem humor, aí é que está. Não tem fantasia, aí é que está. Não tem a menor genialidade, aí é que está. Nos teatros alemães, os atores parecem agir como professores do primário, como professores do secundário, aí é que está. Mesmo o pior cabaretista de Viena é melhor que o ator alemão mais famoso, disse ele, essa é que é a verdade. Mas, se você disser essa verdade em Viena, será apedrejado. Qualquer espetáculo de segunda-feira à noite no Burgtheater ou na Oper é melhor, disse ele, do que tudo quanto se vê no restante do mundo. Só não diga isso em Viena, advertiu o ator do Burg. Agora, é bonito, sim, fazer o Ekdal e ter sucesso, disse ele a seguir, encerrar a carreira com o Ekdal e com esse sucesso. Sim, porque esse papel inglês em que estou trabalhando, esse eu já não vejo como parte do meu desenvolvimento, é inteiramente secundário, nada para ser levado a sério, disse, não é um Lear, completou. Traçou então um longo paradoxo. A idade e a indiferença coincidem de certa maneira, disse. De resto, eu não gostaria de ser jovem nem sequer por um dia, a juventude é o horror, e não a velhice. Nem gostaria, de modo algum, de reviver um único dia que fosse de minha vida, fico feliz que isso seja impossível. Sabe, disse o ator do Burg, de início para a Auersberger, depois para a Jeannie também, o velho se apaixona por sua retirada, acredite em mim. As pessoas falam sobre tudo, riem de tudo, exaltam-se com tudo, e nada mais me comove. De certo modo, depois de tanta arte no teatro etc., desenvolver uma arte da velhice é provavelmente o maior dos prazeres, disse o ator do Burg. Terminado o *Boléro*, a Auersberger se levantou, atravessou a sala de jantar e foi até a cozinha buscar o café. Jeannie se valeu dessa ausência para, de novo, pôr-se em cena e, com seu mau gosto habitual, perguntou ao ator do Burg, que, *perdido em pensamentos*, como se diz, olhava para o chão havia já algum tempo, de súbito inteiramente exausto, se ele agora, já mais ou menos *próximo do fim da vida*, podia dizer, nesse fim de sua vida, que tinha *se realizado*, por assim dizer, em sua arte; exatamente com essas palavras de mau gosto ela confrontou o velho homem, já cansado, que me pareceu tudo nessa noite e nessa madrugada, menos simpático, mas que, quando penso no simples fato de que, afinal, nessa mesma noite, ou seja, duas ou três horas antes, ele havia estado no palco do Akademietheater representando o Ekdal, merecia agora que o poupassem. *Você acredita, no fim da vida, que encontrou realização em sua arte?*, perguntou a Jeannie uma segunda vez, como se pensasse que o ator do Burg não a tinha ouvido da primeira vez, embora ele evidentemente tivesse ouvido o que ela havia perguntado; naturalmente, não lhe escapara a indecência, a falta de consideração por parte dela, que, de resto, fez a mesma pergunta três vezes: *Você pode dizer, no fim da vida, que encontrou realização em sua arte?* — nas três vezes, não escapou ao ator do Burg a indecência dela, como percebi de imediato, mas ele achou que Jeannie, a quem só conhecia muito superficialmente, não haveria de tomar nenhuma liberdade, e menos ainda cometer tamanha indecência com ele e que ela, portanto, acabaria por deixá-lo em paz, no que, porém, se enganou redondamente; Jeannie Billroth, ao contrário, não lhe deu sossego e perguntou diversas vezes se o ator do Burg podia *dizer, no fim da vida, que sua arte o realizara*, insistiu, pois, na pergunta à sua maneira desavergonhada e não parou de formular aquela pergunta desconsiderada até que o ator do Burg por fim desse uma resposta, precisasse fazê-lo; e foi de fato curioso que esse homem, no fundo repugnante ao extremo, a quem o tempo todo contemplei e observei com a maior aversão, de repente tenha dado a ela uma resposta efetivamente adequada, dizendo que era mais ou menos inaudito que lhe fizessem *uma pergunta tão idiota, porque sua pergunta é mesmo nada mais que idiota*, e que ela, Jeannie Billroth, não podia, afinal, esperar receber uma resposta inteligente a sua pergunta idiota, àquela *pergunta indecente*, como disse o ator do Burg; *creio que você se equivocou no tom*, disse apenas o ator do Burg, e estava prestes a se levantar, como se pretendesse agora, de súbito, sem mais delongas, partir do apartamento dos Auersberger na Gentzgasse, porque as perguntas e, portanto, a indecência da Jeannie tinham sido demais para ele; mas, quando viu a Auersberger entrar com o café, ele tornou a se sentar em sua poltrona, dizendo, ao mesmo tempo, que não precisava responder a perguntas tão idiotas; *perguntas de tamanho mau gosto*, disse literalmente o ator do Burg a uma Jeannie agora de fato perplexa, deveriam naturalmente permanecer sem resposta. *Que impertinência sem nexo falar em fim da vida*, continuou o ator do Burg, *que pergunta mais indecente*, disse, *que vileza, enfim, me confrontar com sua idiotice*, disse o ator do Burg, ao que Jeannie, recebendo uma xícara de café da mão da Auersberger, de súbito mostrou-se tranquila, nem um pouco exaltada, ao contrário do que eu esperava; em ocasiões assim, pensei, ela sempre se levantava de um salto, como bem me lembro, e deixava de imediato o palco de sua tacanhez; mas agora não, permaneceu sentada, com o rosto todo avermelhado, mesmo por baixo da maquiagem pesada, ficou minutos sem se mexer, enquanto o ator do Burg, tendo recobrado suas forças, de repente disse algo que efetivamente me espantou, porque não era o que eu teria esperado dele: disse que era repugnante estar entre pessoas que ficam apenas nos sondando e, por fim, nos desancam da maneira mais vil, que só estão ali para, como ele disse, nos desmontar, *nos decompor em pedaços*, e era tanto mais *vil* fazê-lo depois da meia-noite — e ele usou a palavra "vil" sem a menor cerimônia, enquanto, para meu grande espanto, segurava sem tremer sua xícara de café, do qual tomava um golinho de vez em quando. A gente vem a uma casa e pensa que se trata de uma casa amiga, disse ele, e, como estivesse tão irritado, até o Auersberger despertara e ouvia agora o que dizia o ator do Burg, também Anna Schreker prestava atenção, assim como os dois jovens escritores e todos os demais, uma vez que o ator do Burg tinha de novo atraído para si todo o interesse já em razão unicamente das palavras fortes que agora empregava, palavras como "abjeta", "vil", "impertinente", "mentirosa", "infame", "megalomaníaca", "idiota", despencavam subitamente sobre os convidados da Gentzgasse e em particular sobre Jeannie; não era apenas falta de educação, prosseguiu ele, mas também efetiva baixeza confrontá-lo com perguntas idiotas como aquela que havia acabado de fazer *essa pessoa* — assim ele chamou Jeannie em certo momento —, *essa pessoa*, repetia ele sem cessar, *era só o que me faltava, essa pessoa, que desde o princípio achei odiosa, porque essa pessoa é absolutamente idiota*, se eu soubesse que essa pessoa viria, jamais teria aceitado o convite de vocês, disse o ator do Burg aos Auersberger em tom patético, odeio gente como essa pessoa, que só aparece para criticar tudo e todos, que não para de falar sobre arte e não tem ideia do que seja a arte, que fala sobre tudo e não entende de nada, essa gente que toda noite desanda a falar e tagarelar e cuja falta de inteligência é gritante, disse o ator do Burg extremamente irritado. *Quando vi essa pessoa sentada aqui, pensei de pronto em dar meia-volta e ir-me embora, mas a decência me impediu de assim proceder*, disse o ator do Burg, *a decência, a decência*, repetiu várias vezes e recostou-se na poltrona, em busca de alívio, segundo pensei, mas me enganei, porque ele de imediato tornou a se endireitar e, em dado momento, acometido de súbita falta de ar, disse na cara da Jeannie: você é dessas pessoas que não sabem nada, que não valem nada e, por isso, odeiam todo mundo, é só isso, odeia tudo porque odeia a si mesma nessa sua vileza. Fala de arte a todo momento, mas não tem ideia do que seja, ele quis gritar na cara dela, mas não conseguiu por causa da falta de ar, que só lhe permitiu pronunciar as palavras quase sem som nenhum e, a seguir, disse ainda *você é uma pessoa tola, destrutiva e nem sequer sente vergonha disso*, ao que, então, calou-se. Para mim, esse ataque do ator do Burg à Jeannie, admito, proporcionou grande prazer, porque, se vi outros, muito raras foram as ocasiões em que ouvi alguém dizer coisas assim na cara dela, isto é, alguém reagir com tal rispidez a uma de suas indecências, o que, nesse momento, me fez sentir pelo ator do Burg, que seguia me repugnando tanto quanto antes, o mais alto respeito. Ninguém jamais disse à Jeannie Billroth quão incapaz ela, no fundo, é e sempre foi, pensei, jamais lhe disseram que ela, há tempos, é, em absoluto, sempre a mais incompetente das pessoas, pensei. Nunca lhe disseram que ela é vil, vulgar mesmo, como o ator do Burg lhe havia dito na cara e sem rodeios. Sentimos grande prazer quando cremos que justiça, por assim dizer, foi feita ao se mostrar a uma pessoa como ela é abjeta, desavergonhada, estúpida e incompetente, pensei, mais ainda quando precisamos esperar décadas até que isso aconteça. Ninguém jamais tinha dito à Jeannie que ela é, em última instância, uma pessoa muito pequena, vil, um caráter baixo, mas o ator do Burg disse isso a ela com todas as letras. E tive a impressão de que aquela explosão dele rendeu a todos que a testemunharam uma satisfação mais do que momentânea, antes uma satisfação maior e mais duradoura, que decerto foi além daquele breve momento. Naturalmente, as pessoas *não manifestaram* esse sentimento, não tinham motivo para tanto e tampouco poderiam se dar a esse luxo. Mas o ator do Burg pôde, assim como eu pude, já com meu silêncio em relação a tudo aquilo por que ele recriminou a Jeannie, dar razão a ele. Finalmente, depois de anos, décadas, alguém diz na cara de uma pessoa a verdade que desejamos, e desejamos há décadas, que ela ouça, precisamente a verdade que ela nunca ouviu antes, porque ninguém jamais ousou dizer-lhe na cara essa verdade, e pensei comigo que só por causa dessa verdade que o ator do Burg tinha dito a Jeannie — qualquer que fosse ela — já havia, afinal, valido a pena eu ter aceitado o convite para o *jantar artístico*. *Você é uma pessoa falsa, absolutamente falsa,* o ator do Burg ainda dissera a Jeannie, *é capaz de ficar horas esperando para poder aviltar alguém,* e dissera também *pessoas como você são perigosas, e o melhor que se tem a fazer é não cultivar relações com pessoas assim.* Se ainda não tivesse nos ouvidos essas frases exatas do ator do Burg, eu seguiria até agora considerando-as impossíveis, mas o ator do Burg as pronunciou no jantar dessa noite exatamente dessa forma. Provavelmente, pensei, o tempo todo em que eu ainda nem estava na sala de música, e sim na sala de jantar, Jeannie já havia dito indecências ao ator do Burg, tendo, portanto, já antes se comportado com ele como a Jeannie Billroth enojante que conheço muitíssimo bem da época em que, em suma, tive meu relacionamento com ela. Ela não mudou. Se não é o centro de uma reunião social, faz de tudo para ocupar esse posto; no mínimo, ofende frontalmente, como se pode dizer, a pessoa efetivamente escolhida para ser o centro das atenções, nesse caso o centro desse chamado *jantar artístico*, ou seja, o ator do Burg. Muito antes de eu chegar à sala de jantar, ela já devia tê-lo irritado e ofendido repetidas vezes, como é de seu feitio, porque, do contrário, seria incompreensível aquela exaltação explosiva do ator do Burg. Agora tornava-se clara para mim a causa de uma curiosa erupção anterior dele, a quem, em dado momento, quando eu ainda estava sentado no vestíbulo, ouvi gritar da sala de música aqueles incompreensíveis *Ekdal, uma ova!* e *Gregers, uma ova!* e *O pato selvagem, uma ova!*, exclamações, portanto, agora eu compreendia, dirigidas a Jeannie, que já o atacava. *Pois é,* disse o ator do Burg, levantando-se de sua poltrona e fazendo menção de partir, enquanto entregava na mão da Auersberger, que se levantara juntamente com ele, a xícara vazia do café, *como eu odeio, no fundo, essas reuniões que só visam a depreciar tudo que tem alguma importância para mim, jogar na lama tudo mesmo que sempre teve valor para mim, em que exploram somente o meu nome e o fato de eu ser ator do Burg; como anseio, na realidade, nem tanto por sossego, mas antes por ser de fato deixado em paz. Sim, sempre pensei comigo: se tivesse nascido outro, e não quem sou, se tivesse me tornado outra pessoa, completamente diferente da que acabei me tornando, se tivesse, enfim, me tornado alguém que deixam em paz... Mas, para tanto, teria de ter nascido não de meus pais, mas de pais bem diferentes, teria de ter crescido em condições bem outras, ao ar livre, no meio da natureza, como sempre desejei, não na natureza cercada, mas na natureza em si, e não na artificialidade. Sim, porque todos crescemos na artificialidade, no desvario sem salvação da artificialidade, e não apenas eu, que sofri com isso a vida inteira,* disse de súbito o ator do Burg, *mas todos aqui,* disse, e voltou-se então para a Jeannie, a quem disse: *você também, minha cara, que me persegue com seu ódio e me despreza.* Depois, voltou-se primeiramente para mim, sem me dizer nada e, em seguida, para o Auersberger — que, completamente bêbado, adormecera na poltrona — e disse a ele que ter nascido era uma infelicidade, *mas ter nascido como uma pessoa assim, como o sr. Auersberger,* era a maior de todas. Entrar na natureza, inspirar e expirar nessa natureza, sentir-se efetivamente em casa nela e para sempre, aquilo era para ele a felicidade suprema. *Entrar na floresta, entrar fundo na floresta,* disse o ator do Burg, *entregar-se por completo à floresta,* essa sempre havia sido a ideia, disse, não ser nada além de natureza. *Floresta, árvores altas, derrubar árvores, essa sempre havia sido a ideia,* disse ele, de súbito exaltado, e quis partir em definitivo. Embora todos tivessem bebido muito, no fim — como há trinta, como há vinte e cinco e como há vinte anos — só o Auersberger estava completamente bêbado; afundado por completo na poltrona, ele nem percebeu que todos os convidados haviam se levantado para partir. Ao me levantar, pensei comigo que, enquanto comia sua perca e volta e meia também na sala de música, o ator do Burg já havia dito aquilo, *floresta*, *árvores altas*, *derrubar árvores*, sem que, de início, eu compreendesse o que ele tinha querido dizer. Durante o jantar e mesmo depois, na sala de música, dediquei boa parte de minha atenção naturalmente não ao ator do Burg, concentrei-me, antes, na Jeannie Billroth; enquanto comíamos, eu mais ou menos não a perdi de vista, a maior parte do tempo nem sequer ouvindo o que o ator do Burg dizia, apenas, de vez em quando, ouvia meia frase, a rigor, em nenhum momento uma frase completa; de resto, não me interessou nem um pouco o que ele dizia enquanto comia, só bem mais tarde, de volta à sala de música, portanto depois que o ator do Burg já tinha bebido mais do que, a rigor, lhe convinha, foi que ele se tornou interessante para mim também, porque, como agora penso, nesse meio-tempo ele se transformou por completo; afinal, tudo que tinha dito ainda na sala de jantar havia sido besteira, conversa mole, conversa fiada, como sabemos ser do hábito de atores já bem velhos, os quais vivo evitando, porque não consigo ouvir o que têm para dizer, me dá nos nervos a chamada sabedoria que a idade lhes confere, nada mais que uma tacanhez repulsiva da idade, idiotice senil, para dizê-lo com clareza. Atores velhos só dão nos nervos, sempre pensei, e sempre evitei estar com eles; mas, depois que o ator do Burg bebeu mais do que, a rigor, lhe convinha, ele de repente se tornou interessante graças a uma mudança, à manifestação repentina de um curioso e antigo caráter filosófico, e precisamente no momento em que começou a dizer sem cessar as palavras "floresta", "árvores altas", "derrubar árvores", as quais, como agora sei, constituem palavras-chave não apenas para a vida dele, mas para a de muitas pessoas como o ator do Burg e para milhões de outras também; de repente, no final desse *jantar artístico*, tomei consciência do que o ator do Burg queria dizer com suas palavras-chave, dizer a si mesmo continuamente, dizer aos outros, dizer a todos enfim, e comecei a ouvi-lo com atenção; de repente, penso eu, essa pessoa de início tão desinteressante, que, como disse, só me dava nos nervos, fez-se interessante para mim por um breve período, atraiu toda a minha atenção, ainda que por um breve período, e já não me interessava o que diziam a Jeannie Billroth ou a Anna Schreker, mas apenas e tão somente o que dizia o ator do Burg, de modo que me afastei da Jeannie e da Schreker e me voltei para o ator do Burg, para nem falar nos demais presentes a esse *jantar artístico*, que já de início não me interessaram e nos quais não prestei atenção alguma, não ouvi nem mesmo o pouco que disseram, pensei. O tagarela do começo, que só havia querido impressionar com suas piadas ruins e seus casos rançosos, tornou-se de súbito, no decorrer desse *jantar artístico*, uma figura interessante e mesmo a *figura filosófica* desse *jantar artístico*, pensei, e penso que não observamos isso em muitas pessoas, apenas, de vez em quando, nos velhos, gente que, de início, se apresenta como contadora de piadas e casos repugnantes, como é o caso do típico artista ou intelectual vienense, por assim dizer, e que, depois, vai aos poucos tomando um caminho verdadeiramente filosófico ao longo de um jantar, como no curso desse *jantar artístico* dos Auersberger na Gentzgasse, ou seja, pessoas que, no começo, só chamam atenção por serem ridículas, idiotas, presunçosas e, depois, com o tempo, tendo já bebido mais, e mais um pouco, mais do que lhes faz bem, de repente logram transformar nossa antipatia em simpatia, porque põem em cena um elemento absolutamente intelectual, quando não verdadeiramente filosófico. O ator do Burg, segundo penso, mostrou-se de início nada mais que ator do Burg, comeu sua assim chamada *perca genuína* como ator do Burg — o que, para mim, significa como figura repulsiva —, apresentou-se o tempo todo, enquanto comia sua perca, como uma figura, para mim, repulsiva, mas, de súbito, depois de terminar de comer sua perca, fumar dois ou três charutos e beber umas poucas taças de vinho branco, transformou-se numa criatura intelectual e mesmo filosófica, isto é, de uma figura nojenta numa criatura filosófica, de uma figura num ser humano, ou seja, bem o contrário do que em geral acontece, quando as pessoas se apresentam de início como seres humanos e, ao fim e ao cabo, privadas de qualquer outra possibilidade, se tornam com o tempo, depois de beber e comer, figuras nojentas; isso é o que observamos no cotidiano, encontramos pessoas reunidas que, com o passar do tempo, se tornam repulsivas e nojentas, como costuma ocorrer em todas essas reuniões sociais, nas quais quanto mais as pessoas vão comendo e bebendo noite adentro, tanto mais se fazem nojentas e repulsivas, como sabemos. O ator do Burg tomou exatamente o caminho inverso nessa noite: transformou-se de figura nojenta em criatura filosófica, ainda que não propriamente de tagarela em filósofo. No fim, o homem que por um bom tempo me repugnou, me irritou e até mesmo enfureceu com seu caráter repugnante, com sua mera conduta, acabou por me *cativar*, como se diz, *deixou de me repugnar e exasperar para me cativar*, muito ao contrário do que se deu com a Jeannie Billroth, que, segundo penso, cativada de início pelo ator do Burg, foi pouco a pouco, já enquanto comia sua perca, se exasperando com ele e, por fim, passou a odiá-lo. No fim, o ator do Burg acabou me cativando, ao passo que a Jeannie Billroth passou a odiá-lo, penso, isso diz tudo. *O modo como* ele disse *floresta, árvores altas, derrubar árvores*, aquilo não foi sentimentalismo motivado pela idade, e sim clarividência, penso eu. O modo como enfrentou Jeannie foi tudo, menos coisa de velho, tudo, menos oportunismo ensejado pela idade, penso eu. Durante toda uma ceia nos vemos sentados à mesa com um daqueles figurões vienenses ridículos da arte, com um daqueles pseudoartistas perversos com que, volta e meia, topamos às centenas nesta cidade, igual às centenas que já conhecemos, todos aqueles pintores, escultores, escritores, compositores e atores vienenses repugnantes, todos aqueles artistas provincianos nojentos de Viena, e, mais do que isso, vemo-nos diante de um ator do Burg, justamente o protótipo do figurão vienense ridículo da arte, do pseudoartista, e isso por toda a longa ceia fundamentalmente malograda e superficial dos Auersberger, penso eu, e então observamos que um homem que desde o início produz em nós, da maneira mais assustadora, uma impressão efetivamente repulsiva se transforma de repente em alguém que desperta nosso interesse, que filosofa, transforma-se num *filósofo momentâneo* a despertar nosso interesse, como se pode dizer. Naturalmente, não é verdade que todos os velhos são filósofos, mas filosóficos eles são; não conheço asneira maior do que aquela que afirma que todos os velhos são filósofos, mas naturalmente eles *são* filosóficos e, de todo modo, incitados ou irritados pelo que quer que seja, os velhos de vez em quando, ao menos por alguns momentos, se fazem filosóficos ou filosofam por alguns momentos, e assim, no decorrer desse *jantar artístico*, o ator do Burg filosofou por um momento, tornou-se um *filósofo momentâneo*. De novo sóbrio, ou seja, já na manhã seguinte, ele naturalmente volta a ser a criatura embotada e insuportável que conhecemos, penso. Justamente uma tal reunião social como a dessa noite na Gentzgasse teve sobre o ator do Burg o efeito de torná-lo filosófico por alguns momentos, pensei, naturalmente não teve o mesmo efeito sobre os demais, sobre os quais *nada jamais* poderá surtir um efeito filosófico. Não sobre os Auersberger, não sobre Anna Schreker nem sobre os outros, muito menos sobre os dois jovens escritores, que, já em razão de sua idade, ainda nem têm capacidade para alcançar um assim chamado estado filosófico. Para tanto, pode-se dizer, é necessária *uma experiência de vida que venha desde muito longe no passado e que se alimente continuamente da história desse passado*, penso eu, o que se aplica ao ator do Burg, porque isso se aplica aos velhos e sobretudo aos muito velhos, e penso que, durante toda a minha vida, sempre dediquei mais interesse aos velhos e aos muito velhos do que aos jovens, sempre busquei muito mais o contato com os velhos e os muito velhos do que com os jovens e sempre estive muito mais com os velhos e os muito velhos do que com os jovens; jovem, afinal, também já fui no passado, quando era moço, penso, velho, não, e portanto a velhice me interessa, e não a juventude. *Extrair tudo da idade*, foi o que sempre pensei e obtive grande benefício daí, não me furto a dizer que isso sempre me rendeu o máximo proveito. A idade sempre me deixou curioso, e não a juventude, que afinal conheci de perto, sem nenhuma intermediação, penso. O ator do Burg, penso eu, é um homem que sempre reprimiu o filosófico em si próprio, o filosófico que foi se desenvolvendo nele com o tempo e, portanto, no curso de sua vida, de sua história, de nossa história, da história de todos. Deparamos quase que exclusivamente com pessoas que reprimem o que têm de filosófico, que o reprimem até que de repente ele desaparece e morre. Só de vez em quando temos a oportunidade de *perceber* nelas e dentro delas esse elemento filosófico, como o que percebi nessa ceia no ator do Burg, algo que é provável que nem ele próprio tenha percebido, penso eu, porque não *sabe* de sua existência. De súbito, o ator do Burg me fascinou, penso eu, apenas e tão somente por ter pronunciado as palavras "floresta", "árvores altas", "derrubar árvores" e, depois, por tê-las repetido várias vezes. Mas isso não significa que agora tenha simpatia por ele. O ator do Burg permanece sendo o homem antipático, em última instância nada mais que superficial e teatral que foi para mim desde o começo. Já o modo como se despediu, beijando a mão da Auersberger *àquela sua maneira austríaca do Burgtheater*, foi de novo repulsivo para mim. Depois, quando ainda por cima fez um elogio a Jeannie Billroth, inteiramente desnecessário, sem sentido, indecente, dizendo a ela, enquanto beijava-lhe a mão, que gostara de sua ousadia intelectual — e disse, de fato, *gosto de sua ousadia intelectual* —, tornou-se outra vez o homem nojento, o ator do Burg nojento que havia sido desde o princípio. Também eu tinha bebido bastante, mais do que faz bem a minha saúde, penso eu, mas não tanto quanto o ator do Burg, para nem falar no Auersberger, que não acordou mais até que todos tivessem partido da Gentzgasse; mesmo os dois jovens escritores, que passaram o tempo todo tagarelando sobre sua rebeldia, sem que fossem capazes de dizer contra o que, afinal, se rebelavam, estavam por fim completamente bêbados e tiveram trabalho para se levantar de suas poltronas. No fim, o ator do Burg foi o único que ainda teve força e capacidade para se retirar da Gentzgasse não apenas de uma maneira decente, mas com extrema gentileza também, como se pode dizer, porque todos os demais já não estavam em condições de fazê-lo. *Que perca excelente* foi essa, disse ainda por fim à Auersberger e foi, então, o primeiro a descer as escadas, completamente só, enquanto a Auersberger ficou a observá-lo ainda por um bom tempo. Nem sequer cambaleia, pensei comigo, enquanto observava de cima, ou seja, da porta do apartamento, o ator do Burg descer as escadas. Como por princípio quero sempre sair sozinho dessas reuniões sociais, esperei na porta, isto é, ao lado da Auersberger, até que todos tivessem descido as escadas. Pois é, eu disse à Auersberger quando todos já haviam saído, um dia triste, não é mesmo? — lembrando ao menos ainda uma vez a Joana. Provavelmente é melhor para ela que tenha se matado, eu disse, *provavelmente* foi o melhor momento para ela, eu disse à Auersberger, e tive consciência das palavras embaraçosas que tinha acabado de dizer, do caráter repugnante daquela frase que é dita com muita frequência quando uma pessoa se mata. Nós queremos dizer algo apropriado, pensei no momento, e dizemos uma coisa totalmente inapropriada, uma coisa embaraçosa, repugnante, idiota. Afinal, o que ela podia esperar do futuro?, perguntei ainda, mais palavras embaraçosas, repugnantes. Cada um deve fazer o que bem entende, acrescentei, outra manifestação embaraçosa e repugnante. O melhor era, pois, não dizer mais nada. Desci correndo as escadas, como se fosse vinte anos mais jovem, dois, três e mesmo quatro degraus de cada vez. Lá embaixo, no saguão, disse a mim mesmo que tinha sido absurdo dar um beijo de despedida na testa da Auersberger, como há trinta anos, pensei, tão absurdo quanto há trinta anos, beijei-lhe a testa exatamente como fazia nos anos cinquenta; aquilo me irritou por todo o caminho da Gentzgasse até a cidade. Passei vinte anos sem ver a Auersberger e, no fundo, eu a odeio, como tenho de admitir, mas ainda lhe beijo a testa ao me despedir. Você a beijou na testa, *pelo menos só na testa*, eu me dizia o tempo todo, enquanto atravessava a cidade ainda no escuro, o fato de tê-la beijado me irritava. E pensei comigo que, se tivesse ido embora com os outros, teria me poupado aquele embaraço. Mas não queria ir embora com os outros, queria sobretudo evitar um novo encontro com a Jeannie, ainda por cima na rua e, pior ainda, naquele momento; sim, porque, na rua, com certeza teríamos uma discussão pavorosa, teria precisado dizer *muita coisa* a ela, recriminá-la por *muita coisa*, ofendê-la *muito*, pensei, assim como ela a mim, de modo que fizera bem em ficar para trás, à porta lá em cima, deixando que os outros saíssem primeiro; ficar sozinho com a Auersberger por certo era mais suportável que com a Jeannie, pensei, caminhar sozinho ao lado da Jeannie pela rua com certeza teria sido uma catástrofe, pelo menos para mim, pensei, ficar com a Auersberger à porta do apartamento lá em cima era decerto suportável; mas recriminava-me agora por ter lhe dado um beijo na testa depois de vinte anos, talvez mesmo depois de vinte e dois ou vinte e três anos ao longo dos quais não fiz menos que detestá-la, detestá-la tanto quanto, ao longo dos mesmos anos, detestei também seu marido, e recriminava-me também por ter, ainda por cima, mentido para ela, dizendo-lhe que seu *jantar artístico* tinha sido um *prazer* para mim, quando na verdade não tinha sido nada menos que repulsivo. Para nos salvarmos numa situação de emergência, penso eu, somos nós próprios tão hipócritas quanto aqueles cuja hipocrisia vivemos criticando e em razão da qual constantemente desprezamos e jogamos na lama o nome de todas essas pessoas, essa é que é a verdade; não somos em nada melhores que elas, as quais percebemos continuamente apenas como seres humanos insuportáveis e nojentos, como pessoas repulsivas, com as quais queremos nos relacionar o mínimo possível, ao passo que, afinal, para falar a verdade, nós nos relacionamos com elas a todo momento e somos exatamente como elas. Atribuímos a todas essas pessoas tudo quanto possa haver de insuportável e repugnante, nós as recriminamos por isso, mas não somos menos insuportáveis e repugnantes que elas, talvez sejamos até bem mais insuportáveis e repugnantes, penso eu. Disse à Auersberger que estava feliz por retomar o contato com eles, com o casal Auersberger, feliz por ter estado de novo em seu apartamento na Gentzgasse depois de vinte anos e, enquanto o dizia, pensei na pessoa vil e hipócrita que sou, alguém que não se detém diante de nada, de nada mesmo, nem da mentira mais vil. À porta, lá em cima, eu disse à Auersberger que tinha gostado do ator do Burg, que tinha gostado da Anna

Schreker e mesmo dos dois jovens escritores e dos dois aspirantes a engenheiros, e isso enquanto os demais convidados desciam as escadas e eu os sentia como repulsivos descendo as escadas, ao mesmo tempo que dizia à Auersberger que tinha gostado muito de todos. Que eu fosse capaz de hipocrisia tão vil, pensei comigo enquanto falava com a Auersberger, que fosse capaz de mentir desbragadamente na cara dela, de dizer na cara dela exatamente o contrário do que estava sentindo, só porque isso tornava o momento mais suportável para mim, e disse ainda na cara dela que lamentava não ter ouvido sua voz naquela noite, que lamentava não tê-la ouvido cantar, sempre *com tanta beleza, tão maravilhosamente, as árias de Purcell que ela interpretava de forma tão singular*, que, afinal, lamentava sobretudo ter interrompido por vinte anos o contato com ela e com seu marido, o Auersberger, o que, de novo, não era senão uma mentira, e na verdade uma de minhas mentiras mais vis e abjetas. E disse a ela também que achava uma grande lástima a Joana não ter podido estar presente nessa noite, que provavelmente seria do agrado dela, Joana, que nós, isto é, os Auersberger e eu, retomássemos o contato, agora que eu estava de volta de Londres mais ou menos por um bom tempo, quando não em definitivo, e menti na cara dela que provavelmente voltaríamos a *cultivar* aquele contato no futuro, isso tudo enquanto os demais convidados deixavam o edifício naquele exato momento, como pude ouvir lá de cima, ao lado da Auersberger à porta do apartamento. *A Joana precisou morrer, precisou se matar, para que nos reencontrássemos,* eu disse ainda à Auersberger e, então, abracei-a brevemente, dei-lhe um beijo na testa, como disse, e desci correndo as escadas até a rua, dali em diante caminhando atormentado, por todas as ruas percorridas, pelo fato de só ter mentido à Auersberger em tudo que disse, e de ter mentido a ela com plena consciência do que fazia. Sim, porque, depois desse *jantar artístico*, eu na verdade seguia odiando a Auersberger da mesma forma como a odiava antes, e o Auersberger também, o *Novalis dos sons* e sucessor de Webern estacionado ainda e sempre na década de cinquenta, com um ódio talvez ainda mais intenso, esse *ódio Auersberger* com que agora odeio os Auersberger já há vinte anos, segundo penso, porque lá atrás, há vinte anos, eles me ludibriaram e caluniaram da maneira mais abjeta, depreciaram-me a toda e qualquer oportunidade e diante de todos, falaram muito mal de mim depois que os deixei, e eu os deixei apenas para me salvar, apenas para não ser devorado por eles, *depois que eu lhes dei as costas, e não eles a mim*, como sempre disseram e seguem dizendo, como sempre afirmaram nesses vinte anos e afirmam até hoje, ou seja, que *eu* os teria explorado, que *eles* teriam me sustentado durante anos, que *eles* teriam me mantido vivo por anos a fio, quando na verdade o que acontece e aconteceu foi que *eu os mantive vivos*, *eu os salvei*, eu os sustentei, se não com dinheiro, decerto com o conjunto de minhas capacidades, e não o contrário, e eu corria agora pelas ruas como se fugisse de um pesadelo, cada vez mais depressa rumo ao centro da cidade, sem saber, enquanto corria, por que estava correndo para o centro da cidade, se deveria estar correndo precisamente na direção contrária, se queria ir para casa, mas o provável era que agora nem para casa queria ir, e desejei que tivesse passado também este inverno em Londres, eram quatro horas da madrugada e eu corri para o centro da cidade, embora devesse estar correndo para casa, e disse a mim mesmo que sim, que deveria ter ficado em Londres, e corri para o centro da cidade sem saber por que o fazia, em vez de correr para casa, e disse a mim mesmo que Londres sempre me havia feito feliz, Viena, por outro lado, sempre e apenas infeliz, e corri, corri e corri como se agora, nos anos oitenta, fugisse de novo dos anos cinquenta para os anos oitenta, para esses perigosos, embotados anos oitenta sem salvação, e tornei a pensar que, em vez de ir àquele *jantar artístico* de mau gosto, deveria ter ficado lendo meu Gógol, meu Pascal ou meu Montaigne, e, enquanto corria, pensei comigo que estava fugindo do pesadelo dos Auersberger, e fugia mesmo com energia cada vez maior desse pesadelo dos Auersberger rumo ao centro da cidade, e, enquanto corria, pensei que essa cidade pela qual corria, por mais horrorosa que eu sempre a considere e sempre a tenha considerado, é para mim a melhor das cidades, essa Viena detestada, que sempre detestei, de repente é de novo para mim o que há de melhor, minha melhor Viena, e que essas pessoas que sempre odiei, odeio e sempre vou odiar são, afinal, as melhores, que eu as odeio, mas que são comoventes, que odeio Viena, mas que ela é comovente, que amaldiçoo essas pessoas, mas só posso amá-las na verdade, que odeio essa Viena e, no entanto, só posso amá-la, e pensei também, já correndo pelo centro da cidade, que Viena é minha cidade e sempre será minha cidade, que essas pessoas são as minhas e sempre serão, corri, corri e pensei comigo que, como de tudo que era horroroso, escapara também desse chamado *jantar artístico* horroroso na Gentzgasse e ia escrever sobre esse chamado *jantar artístico* na Gentzgasse, sem saber ao certo o quê, mas vou simplesmente escrever *alguma coisa* sobre ele, e corri, corri e pensei, vou escrever *agora mesmo* sobre esse assim chamado *jantar artístico* na Gentzgasse, tanto faz o quê, mas vou escrever *agora mesmo*, *imediatamente* sobre esse *jantar artístico* na Gentzgasse, *imediatamente*, pensei, *agora mesmo*, segui pensando enquanto corria pelo centro da cidade, *agora mesmo*, *imediatamente*, *agora mesmo*, *agora mesmo*, antes que seja tarde demais.

Obra publicada com o apoio do
Ministério Federal da Arte, Cultura,
Serviço Público e Esporte da Áustria.

Holzfällen: Eine Erregung © Insel Verlag Frankfurt am Main, 1984
Todos os direitos reservados e controlados por Insel Verlag Berlin.

Todos os direitos desta edição reservados à Todavia.

Grafia atualizada segundo o Acordo Ortográfico da Língua
Portuguesa de 1990, que entrou em vigor no Brasil em 2009.

capa
Maria Carolina Sampaio
preparação
Márcia Copola
revisão
Ana Alvares
Huendel Viana

Dados Internacionais de Catalogação na Publicação (CIP)

Bernhard, Thomas (1931-1989)
　Derrubar árvores : Uma irritação / Thomas Bernhard ;
tradução Sergio Tellaroli. — 1. ed. — São Paulo :
Todavia, 2022.

　Título original: Holzfällen: Eine Erregung
　ISBN 978-65-5692-314-7

　1. Literatura alemã. 2. Romance. 3. Ficção contemporânea.
4. Crítica social. 5. Cultura e sociedade. I. Tellaroli, Sergio.
II. Título.

CDD 833.9

Índice para catálogo sistemático:
1. Literatura alemã : Romance 833.9

Bruna Heller — Bibliotecária — CRB 10/2348

todavia
Rua Luís Anhaia, 44
05433.020 São Paulo SP
T. 55 11. 3094 0500
www.todavialivros.com.br

fonte
Register*
papel
Pólen natural 80 g/m²
impressão
Geográfica